JN173977

カオルちゃーん!!

岸和田少年愚連隊 不死鳥篇

中場利一

光文社

カオルちゃーん!!　岸和田少年愚連隊　不死鳥篇

装幀　南伸坊
装画　沢野ひとし

目次

プロローグ

中学二年の頃だ。その日私は悪友の小鉄《こてつ》と二人で、イサミちゃんが運転するベンチシートのセドリックに乗っていた。赤い革のシートで、手の平でさわると気持ちが良かった。

「イサミちゃんて免許持ってんの?」

後ろの席でふんぞり返る小鉄が言った。坊主頭にM型の深いソリコミをいれ、ついでに眉毛も細ーく剃り、ピンピンにとがらしていた。ショートホープを口にくわえ、火をつけるライターは瑪瑙《めのう》のダンヒルだった。右手首にはオーデマピゲ、左にはピアジェの腕時計をはめている。

「なんでふたつも時計してんねん小鉄」

二時間前に聞いたら「このセドリックのダッシュに入ってたから」と答えていた。この車は小鉄がきのうの夜、どこからか盗んできたものだ。それをイサミちゃんが「五万!」とアコギな値段で買い取ってくれた。

「エグイな、イサミちゃん。革のベンチシートで8トラ付き、クーラーもバリバリ効いて、メーターなんか五千も走ってないで」

「うるさい！　シャラーップ。二年前までは小学生やった奴らがベッコ言うな」

小鉄が口をとがらせたが聞き入れてはもらえなかった。そのイサミちゃんが小鉄の質問に答えたのはしばらくたってからだった。

「免許？　どやったかな……。一割のほうやったかな、三割のほうやったかな」

「それは保険証。オレが聞いてんのは免許証のほう。ライセンス」

そういうことにはくわしい小鉄が言った。偽造する時に良く見ているからだ。イサミちゃんは「免許か……」と小さくつぶやき、赤信号の交差点に突っ込み、左右から来る車に「危いやんけ！　アホよ！」とクラクションを鳴らしまくって右折した。右足はアクセルを、そして左足はアグラを組むようにベンチシートにのせている。ブレーキは踏まない。

「信長もな、こうして片足を馬の鞍の上にのせて組んでたらしいど」

傷だらけの顔でイサミちゃんが少し笑った。とにもかくにもイサミちゃんの顔はキズ、傷、きずの傷だらけである。すべてがケンカでついた傷で、メロンのようでもあり地下鉄路線図のようでもある。

「すべて向こう傷！　男の誉れ！　赤飯と紅白まんじゅう持ってこーい！」

本人はいつも言ってはいるがウソである。銭湯「富士湯」の息子Aの証言によると「背中にもいっぱいキズあるでエ、イサミちゃん」なのである。そのAは証言以降、行方不明で、富士湯もボヤ騒ぎがあり閉鎖された。

「え？　信長？　ノブナガて誰？」

　私は助手席から首をひねり、後ろの小鉄に聞いた。学校が終わると同時に、この車に乗った小鉄が校門に現れたため、学生服のままである。今期誂《あつら》えた学生服は二年進級の祝いをこめて、生地はタキシードクロスを使用し、裏地には敢えて虎や龍の刺繡《ししゅう》などはせずに、小鉄が入手した大量のエルメス謹製スカーフにした。シルクである。男は裏地である。

「信長いうたらあの人やろホラ、春木《はるき》駅のちょい上にある本屋で、しょっちゅうおるやんけ、変なベスト着たオッサン」

「おうおう、レジの横で正座して、ブツブツ言いながらエロ本読んでるオッサンか」

「そうそう、レジのネーちゃん、まいったナァ……て顔してるやろ、いつも。あのオッサンみんなからノブさんノブさんて呼ばれてるぞ。きっとあいつや」

「バカモーン!!」

　イサミちゃんが叫んでいた。バカにつける薬はない。そんな顔だ。しかしこの人にそんな顔はされたくない。二十六歳になる今まで、（我慢）という漢字を（わがまま）と読んでた人である。

　今年の正月におみくじを引き、

——我慢《がまん》セヨ。探しものは向こうから出ル——

　と書かれていて内容より漢字の横のルビを見てしばらくボウ然としていたらしい。「ワガママセヨ、ちゃうんかい……」と、天をあおいだ大人なのである。

「おまえらアホか！」

そんな人が私と小鉄を交互に見て言った。運転中である。前を見てもらいたい。

「信長さん言うたらやなァ、そらもうあっちゃこっちゃグチャグチャにするまで暴れ倒してやで、何万人もぶち殺したのにな、いまだに英雄やら大王やら大殿やら言われてる人やんけ」

イサミちゃんが言った。私の頭の中に一人の人物が浮かんだ。そのとたん体が震えた。小鉄も同じなのだろう、震えていた。

「カオルちゃんと一緒やん……」

私と小鉄が同時に言っていた。


私が生まれて初めてカオルちゃんを見たのは半年ほど前のことだ。名前は知っていた。

「鬼のカオルに仏のイサミ」は岸和田《きしわだ》の不良で知らない者はいない言葉だった。仏のイサミちゃんでさえ、かなりヤバイ人である。中学生の頃に、よその学校へ殴り込みに行くのに散弾銃を持ち出し、校舎の窓から顔を出す奴らめがけて乱射したのは新聞にも載ったし、五対一でケンカをした時などは血だらけのボッコボコにされながらも相手の一番強い奴に狙いをしぼり、そいつに組みつくや親指を立てて目を突きまくり、失明するまでやめなかった現場を私は見ている。ただし「我慢」をワガママと読んでいた。

そんな仏より怖い鬼はある日突然、私の前に現れた。知り合いの先輩連中に連れられ、オールナイトの映画を観ていた時である。

「くわあー、ペッ!!」

勢いよくタンを吐く音がした瞬間、まわりにいた連中が凍りついた。映画館全体が腰を浮かし、スクリーンに映っていた菅原文太も梅宮辰夫も動きを止め、入口の扉を見つめていた。

「くわあー、ペッ!! おうコラおう」

暗くてよく見えなかったが、肩で風を切る音がしていた。「カオルちゃんや……」と誰かが小声でつぶやいていた。

カオルちゃんはゆっくりと歩き、スクリーンの真ン中の前から三列目にドスン！　と腰をおろすと、デン！　デン！　と両足を前の席の背もたれの上にのせた。すべての席は安っぽいビロードがむき出しなのに、中央の前から三列目のその席だけが白い布のカバーがついていたのが不思議だったが、理由がわかった。岸和田東映カオルシートである。カオルちゃんがその席につくと、前後左右の筋がすべて空席となり、席はガラガラなのに立ち見が出てしまう。

もちろん誰も文句は言わない。たかがオールナイトの映画を観るだけで、満期前の生命保険は使いたくはないだろう。

しかし中には命知らずというか、世間知らずもいる。

「おお、なんや空いてるやんけいっぱい。みんな何で立って観てんねん？　フラミンゴの生まれかわりか？　ぬはははは」

しばらくして酒くさいオッサンが一人、入って来た。手にはビールとキャラメルコーンという、間違いを犯していた。オッサンはさらにもっと間違いを犯す。

「うん、ここがええな。ど真ン中、確保ォ」

と、中央、前から四列目にトスン！　と尻をおとした。そして「よっこらせいのどっこいしょと」と、両足を前の席の背もたれ、つまりカオルちゃんの席の背もたれへとのっけたのである。

――ゴックン……。

映画館がナマツバをのんだ。領空侵犯である。もしくは大日本帝国連合艦隊の空母瑞鶴《ずいかく》に、アメリカ国旗をペイントしたセスナ機が着艦しようと試みているのである。カオルちゃんの両肩にオッサンの足がのっているようにも見えた。

「……おうコラ、おう」

カオルちゃんがゆっくりと立ち上がる。この岸和田に、まだミーをよろこばせてくれる奴がいたのか？　そんな背中だった。

「おいニーちゃん、立つなよ。観えんがな。立つんならホラ、みんなと一緒に両端に行けよ」

オッサンのセスナ機はポン！　と空気銃を先に撃ってしまった。宣戦布告である。北朝鮮の指導者を指さし、「変な髪型」と言ったようなものだ。もう理由も理屈も言いワケも握手もハイタッチも逃げることも不可能である。

「おうコラ！　おうおう!!」

何が起こったのかは速すぎて見えなかった。オッサンが宙に舞い、血と折れた歯がスクリーンまで飛んだ。オッサンが小さな雑巾みたいになり、席の間でペシャンコになっていた。

「あれがカオルちゃんや……」

連れて行ってくれた先輩が言った。声が震えていた。やがてパトカーの音が聞こえ、一ダースほどの警官が突入してきたが人手がたりないらしく、追加部隊も続々と到着し、映画館の客よりも警官の数のほうが上回った。カオルちゃんは連行されるというより、無数の警官を体にへばりつけて歩いている、という感じだった。

「あ、カオルちゃん！　こいつ、オレの後輩でチュンバて言うねん！」

映画館の出口で私はカオルちゃんの目の前に立たされた。返り血で赤鬼のようになったカオルちゃんが私をにらむ。バーナーで目を焼かれるような強い眼の力だった。

「見たことあるのォ、ワレ。おうコラ」

一発、手錠をつけたままカオルちゃんは私の頭を殴った。自分の頭に巨大隕石が落下したような衝撃だった。ビリビリと全身に電流が走っていた。

「ほーう、ほなもう元服はとっくに済ましてんかい」

イサミちゃんが言った。岸和田の不良はカオルちゃんに紹介され、頭を一発どつかれるとやっと一人前、武士の元服と同じである。信長の話はとっくに済み、イサミちゃんは車を飛ばした。今日中にこの車を故買商のロクさんに納めたいらしい。ただ飛ばすのはいいが、ほとんど反対車線である。どうやらこの人は車は左側通行という日本社会のルールを知らないようだ。左側通行を知らないのだから、とうぜん信号の赤と青の意味も知らない。イサミちゃんが運転席に座ってから今まで、一度も車は止まっていない。

「しっかしカオルも不運な男やでのォ」

イサミちゃんが私と小鉄に相ヅチを求めるかのように振り向き、言った。けっこうなスピードが出ていた。お願いだからこっちを見ずに前を向いてほしい。

「なんでよ?」

小鉄のバカがまたよけいなことを言う。イサミちゃんは身をひねり、後ろの席の小鉄と向き合う。しかし右足はアクセルをベタ踏みである。

「なんでて、オレと同じ時代に生まれたやんけ。オレがおる限りあいつはずっとナンバー2やんけ。これを不運と呼ばずに何を不運というねん。そやろ。のォ、チュンバ」

「イサミちゃん! 前エー!!」

人が道路を横切るのが見えた。瞬間ドッスーン!! という大きくて鈍い衝撃が伝わり、ボンネットが歪んだ。フロントガラスが丸く粉々にへこみ、黒くて大きな影が車の後ろに流れ飛んでいった。

「イサミちゃん! 人やで人! 人! 撥《は》ね飛ばしたで!」

小鉄が車の後ろを見て叫び、その後小さな声で「あ……起き上がった」と言った。大きな影がむくりと立ち上がっていた。

「くわあー、ペッ! ペッ!!」

「あ……、信長さんや」

カオルちゃんだった。イサミちゃんは一瞬ニヤリと笑い、シフトレバーをバックに入れ、アクセルを踏もうとした。が、その時には真横にカオルちゃんが立っていた。

「痛いやんけ。おうコラおう!!」

ドアのガラス越しに鉄球のようなパンチが飛んできた。ガラスの破片とイサミちゃんが一緒に私の上に降ってくる。岸和田ナンバー1はナンバー2の一発で、すでに白目をむいていた。

「ん?　イサミやんけ、おうコラ」

しかもカオルちゃんは相手がイサミちゃんだと、殴ってから気づいている。

「ほな、頑張ってナンバー1!　サイナラ」

私は助手席のドアを開け、走って逃げた。十メートル先をすでに小鉄が走っていた。たまたま通りかかったパトカーがえらい勢いでバックをする。

「返事せんかいイサミ!　おうおう!」

みんな車を置いて逃げていた。イサミちゃんは入院し、一年後、ちょうど私と小鉄が中学三年に上がる頃、またもや、ややこしいアルバイトをちらつかせるのであった。

第一章・カオルちゃん死す？

――占い〼《マス》。

と書かれた木の看板が傾き、外れそうになっていた。商店街から一本横道に入って突き当たると、その「占いの館」がある。白い壁にドーム型のドア、出窓にはインチキくさい水晶玉がレースのカーテン越しに見えていたハズだ。少し前まではそんな感じだったが今は見る影もない。

木製の鋲《びょう》を打った重そうなドアは蝶番《ちょうつがい》ごと吹っ飛び、ベロアのカーテンはビリビリにやぶれ、出窓の水晶玉などは見事に真っぷたつに割れていた。まるでそこだけがゴジラが通過して行ったような有様である。

「知ってるか、あそこ」

路地の入口に止めてあった自転車のケツに腰かけ、小鉄が言った。手にアイスピックを持ち、それについた血をサドルで拭いている。さっき駅前を歩いていると、他所者《よそもの》らしき高校生が二名、私と小鉄に声をかけてきた。

「ハイ、そこの坊主頭の中学生ェ、左に寄って止まりなさーい」

ニヤけた声が後ろから聞こえたから振り返った。オールバック＆リーゼントがペナペナのカバンを手に立っていた。見たことのない学生服だった。

「おちょくったソリコミいれやがってガキが、ゼニ出せ」

「あーん？」

オールバックが言った時には小鉄はすでにUターンし、そいつの胸元に立っていた。しかし小鉄は背が小さい。すごく小さい。私が小鉄の家に行って留守だったとしても、小鉄のオカンに「水屋のひき出しの中とか筆箱の中とかで寝てないけ？　オバちゃん」と言うと、「ホンマやな、見てくるわ」と探しにもどろうとするくらいだし、彼が後日成人して、いくらカッコイイ服を着ていても「それどこの西松屋で買《こ》うたん？」と聞かれるくらいだ。

「ん？　今どこかで『あーん？』て声したよな。どこや？」

オールバックは目の前の小鉄を無視し、キョロキョロと周りを見渡した。そして下を向き、驚いた顔で、

「なんや、ここから聞こえたんかい。見えんかったぞ。オマエてどれくらい車高オトしてんねん？　二巻き半カットか？　いや、バネ全部抜いてんか？　ベタベタやのォ、わははははは！」

と笑ったのである。おしまいである。小鉄は小さいがコンプレックスは大きい。人が犬の散歩をしてて「チビ！　チビ！」などと犬の名前を呼ぶだけで「なんや！　イヤミ言うてんかい！」と殴りかかるナチュラルボーン被害妄想でもある。

「死ねカス」

言った時にはアイスピックでオールバックの太モモをズブーッと刺していた。

「ヒーッ！」

「うるさい。女みたいな声出すな」

ズブッ、ズブッ、ズブッと三回ほど連続で刺し、青白い顔をして突っ立ってるリーゼントは私が鼻が曲がるまで殴ってやり、反対にカツアゲをしてやった。

「おう、知ってる知ってる。よう当たるらしいやんけ」

私は小鉄の横に立ち、言った。小鉄は自転車のケツから飛びおりると「フンッ！　当たるかい」とつぶやき、アイスピックを思い切り投げつけた。

——ブス!!

と、アイスピックは見事に占いの館の壁に突き刺さっ……たらカッコイイのだが、全然届かずに途中で落下し、大袈裟な音で転がると別の店の前で止まった。

「コホン……。オレ行ってん」

小鉄は小さく咳払いをひとつすると、アゴで占いの館をさした。自分の前世と来世、そしてこれからの自分を占ってもらったらしい。

「なにやった？　前世は乳《ちち》ボーロで、来世はうぐいすボーロか」

「アホか！　なんやねん、そのうぐいすボーロて。あれはボーロちごてボールや」

「オマエくわしいな。ほんで、なにやってん？」

「うーん……」

小鉄は腕を組み、うなだれてしまった。言おうか言うまいか、言ったらきっと笑うであろう、いや笑わない、おれは親友だ、オレの目を見ろ、もうすでに半分笑っているではないか、私と小鉄の攻防はしばらく続き、やっとこさで小鉄が根負けをした。

「絶対に笑うなよ……笑《わ》ろたら刺すど」

「笑えへん笑えへん、人にも教えへん、いくらおもろかっても、ボクは貝になります！」

「それやねん、貝やねんオレの来世……」

「へ？」

小鉄の前世はカサブタで、来世はあさりらしい。すごいではないか。小鉄というこの小さな気の短い男は、ケガをしたら勝手に張り出すカサブタの生まれ変わりで、死んだら次はあさりである。みそ汁に入ってたり、酒で蒸されたり、春になるとパパやママに連れられた良い子に砂浜でガスガスほじくり返されたりする貝である。

「きちっと砂を吐き出さんと嫌われるど小鉄くん。わーはははははははは!!」

「殺す」

小鉄はアイスピックを出そうとしたが、さっき投げたばかりである。素手なら私の勝ちである。

「カオルちゃんも行ったらしいわ……」

その小鉄がポツンと言った。目はじっと占いの館に向けられている。私もゴクリとノドを鳴らし、見た。グチャグチャになった館の中。吹っ飛んだ重いドアにスイカのように割れた水晶玉。まるでゴジラが通過した跡みたいだ……。

「ほんでな、自分の前世と来世を聞いたみたいやで、最近」

「前世は黒色火薬で来世はプルトニウムやろ」

「それはイサミちゃんや」

「あの人も行ったんかい！」

「そのイサミちゃんに聞いた話や……」

ある日突然ミスター岸和田、カオルちゃんが占いの館へと、ご来館されたらしい。

「くわあー、ペッ!!」

と、入るなり前客を外へ投げ出し、椅子ではなくテーブルに座ったという。そして占いの館のババアの頭をペシペシとたたいたという。カオルちゃんの横には女の人がいた。

「女？　人間の？」

「うん。小柄な人」

「オマエか？」

「アホか。その線はいまイサミちゃんが調べてる最中や。ひょっとして弱点が見つかるかも知れん言うて」

「弱点て……、無いもんネダリやど」

占いはその女の人がすすめたようだ。元々カオルちゃんは女性には弱い。カオルちゃんが歩いていて誰かがヨソ見でもしてぶつかったとしよう。男ならその場で「死」というものが案外身近にあるんだと気付く瞬間である。

「くわあー、ペッ!!　おうコラおう!!」

ボール遊びをしていた少年たちが、転がるサッカーボールを「すみませーん！　取ってくださーい！」と言い、「おうコラ！」とたまたま機嫌の良かった通りがかりのカオルちゃんが蹴ったら、ボールは月の高さまで飛んだと言われる。ＮＡＳＡが公開した宇宙船の動画にＵＦＯらしき球体が移動しているのは、カオルちゃんがその時蹴ったボールである。

その足で蹴飛ばされるのである。

痛くはない。ピンボールゲームの球が、あちこち跳ね返りながら痛いと感じるであろうか。あ、カオルちゃんだ、しまった……と思った次の瞬間は病院のベッドの自分に気付く。ただし女性は別である。

「お、おう……コラコラ……」

と、反対に逃げるように去って行き、次にたまたま出会う運の悪い男が女性の身代わりに罰ゲームを受けるだけである。

「で、なんて言われてん？　カオルちゃんは」

私が聞くと小鉄は鼻のアタマをかいた。

「前世はないらしいわ……」

「ない？　見えんかった、ちゅうことかい？」

小鉄は首を横に振った。見えないのではなく、前世そのものがないのである。初めての人間、初代カオルちゃんなのである。なるほど、だから無茶苦茶なのであろう。なにしろ初めての人間だから、小鉄のようなカサブタという不遇な下積みも経験していない。

「そやけど……来世は見えたらしいわ。見えんほうがよかったのに……」

「ら、来世は何やってん？」

「……小麦粉」

「へ……？」

「小麦粉。粉の。粉モンの材料」

水晶玉を見ながら占いババアは言ったらしい。世の中には黙秘権というものがあるのに、ババアは真面目なので知らない。つい言ってしまったようだ。

「そなたの来世は白い……。サラサラなのに固まる。富士のすそ野のように広く愛されるようじゃ……」

「くわ………ぺ……」

「うん！　見えました！　小麦粉！」

「おうコラ！　おうおう!!」

カオルちゃん大暴れしたそうである。ありえないことだが、いくら今世《こんせ》で徳を積んでも来世は小麦粉。早いハナシ、メリケン粉なのである。「くわあー、ペッ!!」とタンを吐いたら自分自身が素早く固まってしまうではないか。

「あの人がメリケン粉になったら恐いど。カオル粉いうて、お好み焼きに使《つ》こたら何十時間も熱いままや」

「食べた奴の舌がヤケドするまで、ひっついたまんま」

水晶玉は真っぷたつに叩き割られ、女性には弱いがババアは視野に入らないので占いババアは天井を突きやぶるくらい蹴り上げられ、たまたま館にやって来た新聞屋の大将は、

「すんませーん、今なら商品券に洗剤付けるから、うちの新聞取って……あ、カオルや」

と口にするや、鼻が陥没《かんぼつ》するほどのパンチを顔面に入れられ、何もかもが木端微塵《こっぱみじん》になった。

「今も入院中やてよ。占いババアも新聞屋のオッサンも」

くわばらくわばらと小鉄は首を振り、視線を占いの館から手前の店にうつした。三日ほど前にオープンしたばかりのお好み焼きの店があった。今日の本当の目的は、じつはこっちの店なのである。

「あっちはメリケン粉で閉店で、こっちはオープンかい」

私はポケットからタバコを出し、一本だけつまむと親指のツメの上でトントントンとタバコの尻をたたき、口にくわえた。その瞬間、突然真うしろから太い腕が伸び、タバコを奪い取った。

「ほーう、洋モクかい」

振り返ると地元の刑事と駅前の交番によく居る警官だった。二人とも目つきが悪い。

「こないだ泉大津《いずみおおつ》の煙草屋が叩かれて、洋モクばっかり大量にイカれたんやけどなァ。ラークとラッキーストライク」

刑事は奪い取った私のタバコをくわえ、マッチで火をつけると煙だけを私の顔に吹きかけた。中学生がタバコを吸うな！ とは、もう言ってくれない。たまに「もうやめいよ」くらいは言う。

「犯人はガキ二人組でな、気付いた煙草屋の長男が追いかけて、二人のうちの背の高いほうにどつかれて奥歯二本もへし折られとんねん」

「へえー、恐い奴おるねんなァ。ボクら中学生やから、晩は家で宿題やってますから、知りませんわ」

「そん時にな、背の小さいほうが『放っとけチュンバ、行くど』て言うたらしいわ」

今度は煙を小鉄に吹きかけ、刑事が言った。

「あっ、そない言うたら刑事さん。ボクらにその洋モクを無理矢理買わせた外国人、チュンバロフスキーとか呼ばれてたで！」

「そうそう！　背の高い白人で、胸毛ボウボウで黄色いパンツはいてて、足のツメがごっつい伸びてたで。まだそこら辺におるんちゃうかなあ」

「パンイチの裸足で歩いとんかい！」

今度は警官が樫《かし》の警棒を振り上げ、前に出てきた。

「つい今さっき、商店街の手前の道で！　アホみたいな高校生二名がアホ丸出しの中学生二名に！　刺されてどつかれてエライ目に遭わされてるけど！　それもワレらやろ！」

ツバを飛ばし、警官は言った。なんで相手は「アホみたいな」なのに、私たちだけ「アホ丸出し」なのか抗議したいところだが言ったらバレるので、私と小鉄は「恐い世の中ですネ。検挙こそ市民の安全・安心！」と言って、よけいに警官を怒らせてしまった。

「まァ、ええわ。とりあえず所持品検査や」

怒る警官を後ろに退け、刑事が言った。

「えー、めんどくっさァ」

言いつつ私と小鉄はホールドアップ、両手を上げた。頭の回転をマックスで動かしたがヤバイものは持ってはいないと答えが出る。本日の小鉄くんは腕時計をしてはいないし、ライターはデュポンだが自分で買ったと言い張れば何とでもなるものだ。人は高級腕時計が紛失すれば盗まれたと思うものだが、ライターの場合はどこかに置き忘れたと思ってしまうらしい。小鉄先生がよく言っている。しかもアイスピックはさっき投げたばかりで身につけてはいない。

「あの、小野《おの》警部補。コレを……」

その時だった。あっちこっちをさわられて身をモジモジしていた小鉄の足元、自転車の横で、警官が大きな紙袋を発見した。「あちゃー」と小鉄が小さく言った。

「なんやコレは？　開けるぞ」

ダメと言っても絶対に開けるくせに刑事が言った。私と小鉄は「何それ？　知らんで」とシラを切る。刑事はうれしそうに袋の中からある物を出した。

「ん？　コレは？」

中身は水切りマットである。店の入口や学校の校舎の登り口に敷いてある、四角い金具の中に棒状のタワシを組み込んだ物だ。

「こんなもん、何に使うねん？」

刑事が首をかしげた。それはイサミちゃんが持って来た物で、あちこちの店に一ケ月いくらでレンタルする。もちろん水切りマットだけ置いてもらっても、たいした儲けにはならないが、マットには目に見えないオマケが付いている。用心棒である。店には色々な客がやってくるだろう。酔っ払い、チンピラ、プロのやくざ、カタギのくせに文句の多い輩《やから》、クレーム好きな奴、などなどをイサミちゃんが店の手をわずらわすことなく、すべて引き受けてくれる。水切りマットをレンタルすると、もれなくイサミちゃんの電話番号が付いてくる。私と小鉄はその「イサミマット・用心棒サービスCO；LTD.」の営業マンである。一軒のレンタル契約ごとに、中学生の平均年収の約十倍がポケットに入る。もちろんイサミちゃんが多忙の場合は臨時用心棒もする。その場合は別途、相手によって支給される。

「イサミマット知らんの？　けっこう有名やで」

言いかけたが黙っていた。これからこのマットを手に、すぐそこのお好み焼きの店に仕掛けなくてはならない。

「ははーん、ナイフ用の防具に使うつもりやろ、コレを」

「アホか。大きいやろ。アンパイヤみたいになるやんけ」

「ほたら何に使うんじゃい」

「そやから知らんて、そんなもん。その自転車を止めた奴のんやろ」

「ガキどもが！　警察ナメてたら、ドえらい目に遭わっそ」

「反対に遭わされたりして」

「なにコラァァー!!」

四人で揉《も》め始めていた時だった。

「くわあー、ペッ!!」

と、けっこう近くで声がした。まぎれもなくカオルちゃんの声だった。私も小鉄も刑事も警官も全員が目をつむり、岸和田市民なら必ず持っている「カオル探知ソナー」を五段階のレベル五まで上げて探査した。

「近いな……」

刑事が言って水切りマットを置いた。

「かなり近所ですわ」

警官が樫の警棒をそっと元に戻し、拳銃ホルダーのフックを外した。そしてそのまま周囲に気を配りつつ、後退を始めたのである。

「なんや、帰るんかい」

「帰るわい」

「カオルちゃんが恐いんかい」

「恐いわい」

堂々と言いやがるのである。たしかに警察署のマニュアルには(対カオル)の一項があると聞く。

――もし君がその時、体調不良なら、息を殺し物陰に隠れ、通過するのを待ちなさい。

もし君がその時、体調が万全というのなら、全力疾走で逃げなさい。みだりに戦おうなどとは思わぬように……以上――

「どっちにしても逃げかい!」

「そう!」

刑事たちは軽く手をあげ、急ぎ足で商店街の人の流れの中に消えた。小鉄が水切りマットを手にし、ホコリを手ではたくとまた袋の中へとしまった。

「ほな行こけ」

私たちは新規のお客様になるであろう、お好み焼きの店に向かって歩き出していた。途中で小鉄がさっき投げたアイスピックを拾い上げた。


木の格子戸《こうしど》が半分だけ開いていた。

すでにノレンは掛かっていて、白い布地にうすい青色で「山村」と染め抜いてあった。

「ふーん、山村《やまむら》か。山村っちゅう人がやってんやろの」

「そらそやろ。山田《やまだ》さんが山本て店せえへんやろ」

とりとめのない会話をしながら私たちはノレンをくぐり、格子戸を勢いよく開けた。

「おいど!」

「毎度!」

入ってすぐの所に真新しいカウンターが見えた。カウンターの上には鉄板がズラリと並び、少し油の香りがした。

「あらゴメーン、まだ準備中やねーん。あ! 準備中の札を出すのん忘れてるわウチ」

カウンターの向こうで明るい声がした。白いTシャツにジーンズの小柄な女性が顔を上げ、やさしく笑った。Tシャツの胸にはノレンと同じ色で「山村」と書かれている。女性は準備中の札

を手に、カウンターから出て来たが、

「いうても、あと十分もあったら準備ＯＫやけどネ。もうエエか」

と、札をカウンターの端に置いた。歯並びのすごくキレイな人だった。

「どうするボクら。待つ？」

ん？　と女性は私の顔をのぞき込んだ。この「ボク」という呼び方が苦手である。岸和田の不良には一生、この「ボク」という言葉がつきまとうから困ってしまう。岸和田で生まれた奴はあまり他所へは出て行かない。岸和田で生まれ岸和田で育ち岸和田で暮らす奴がほとんどである。

「オレなんか今までで一番遠くへ行ったのんて修学旅行ちゃうけ？　それ以外は大和川《やまとがわ》からあっちへ行ったことないど」

などという強者《つわもの》ゴロゴロである。で、あるから、近所のオバちゃんたちにオムツをして遊んでいた頃から見られているワケである。自分の成長をすべて見られている。だから大きくなってナマイキになり、ソリコミをいれて眉毛を剃って、長《ちょう》ランを着て金属バットを地面にカラカラいわしてひきずってようと、

「ちょっとナカバのボク、これクリーニング出来てるからな、お母ちゃんに渡しといて」

と言われ、ついでにイチジクを袋に入れてもらって持たされたりするのである。小さい頃からずっと「ボク」と呼ばれている。

「そっちのボクも待てる？」

小鉄も言われ、力が抜ける。まるで首のうしろをつままれた猫である。

「いや、ちゃうねんオバハン。あんな、コレをレンタルで借りてくれへんかなァ。イヤとは言わさんで、オレらもガキの使いで来たんちゃうしな。そのかわり店はオレらが守ったるがな。アカンか？　守って欲しない？　ほたらグチャグチャにしたろけ店を。別にオバハンを先にグチャグチャにしてもええけど」

なんてことを言おうと思っていたのに「ボク」の言葉でアウトである。戦意喪失なのである。しかも女性は、小鉄がモジモジと袋から水切りマットを取り出すと、

「いやーん、懐しいやーんコレェ、今でもあるんやなァー」

と、マットのタワシ部分を白い美しい手でさわり、今度は私と小鉄の坊主頭もズリズリとさわり、「一緒やね、ふふん」と笑うのだ。カ――！　と顔が熱くなる。

「このマット、いくら？　売ってくれへん？　欲しかってん前から」

そして女性は思いがけないことを言った。私と小鉄は顔を見合わせた。イサミちゃんからもらったマニュアルにはない御要望である。不必要と断られた場合には「その場で暴れよ」や「イサミちゃんによる店への嫌がらせ行為の例を数件口頭で提示せよ」などがあるが、現物の買い取り希望は初めてである。

「いや、それはイサミちゃんに言うてもらわんと……」

「イサミちゃん？　知ってる知ってる。そうかァ、そういうことなんやァ」

女性はまだ私たちの頭をズリズリしながら笑った。どうやら水切りマットのレンタル＝用心棒契約の図式を知っているようだった。

「ごめんネ、用心棒やったら間におうてるねん、ここは。ふふん」

「くわあー、ペッ!!」

女性の言葉にズシン！　と重い音が重なった。どうやら店には二階があるようで、とてつもなく大きな物が立ち上がったようだ。

「あ、これ、プレゼントします」

「御入り用でしたら、あと百枚でも二百枚でもイサミちゃんに持ってこさせますから」

ほなサイナラと入口に向かおうとして足が止まった。そして目はノレンに止まった。

白いノレンの文字が店の中からだと反対に見える。「山村」が「村山《むらやま》」になっていた。（村山カオル）。約一名の名前が浮かぶ。

「そんなん店の名前を村山にしたら、誰も来《け》えへんやん、ふふーん」

「ごもっともですー」

ドスン！　ドスン！　ドスン！　ドスン！

「待たんかいコラ、おうコラおう！」

店の奥の階段の上り口に、カオルちゃんが立っていた。ギンッ！　とにらまれると動けない。ギン！　ギン！　とにらまれたら頭から湯気が出る。電子レンジのような眼光である。

「チーン、出来上がりィ。ふふーん」

小悪魔が笑っていた。

（誰や、あの女?）

私と小鉄は小声でつぶやいた。

（さっきカオルちゃんのこと、カオルくんて呼んでたど……）

（カオルくん?　あの顔で『くん』?）

ぷぷーっと笑ったとたん一発ずつ頭を殴られた。一瞬、意識が飛ぶ。痛いとか強いのレベルではないゲンコツである。まさに巨大隕石が頭のてっぺんに落ちてくる。全身と近くの窓ワクがビリビリと揺れる。

「この子らがね、そのマットをー、お店の開店祝いにくれるって。ふふーん」

ネ!　と小悪魔が笑い、大魔神がジーと私たちをにらんだ。頬が熱かった。カオルちゃんが私と小鉄の横顔をジーとにらんでいるのはわかっているが、絶対に目を合わせてはいけない。日蝕を望遠鏡や肉眼で見るのと同じで目が焼けてしまうのだ。

「ええかー、日蝕とカオルは磨《す》りガラスとかァ、黒い下敷きを通して見るようにィー。とくにカオルは動くしなア、命ガケになるぞー」

と、小学生の頃に先生に教えられた。

「ハイ、豚玉。おいしいよー。ふふん」

小悪魔が焼いてくれたお好み焼きが、目の前の鉄板でチリチリと音をたてていた。私の頬もカオルちゃんの眼光によってチリチリと焼けている。こんなことをしている場合ではない。早くこの店から出て行きたいのであるが、

「おい、これらに何か焼いたらんかい、おうコラ」

カオルちゃんがさっき言い、小悪魔が焼き出したのである。店のオゴリかな？　と小鉄は言ったが、それはありえないだろう。タクシーに乗って「二千八百四十円ですゥー」と運転手が言っても、手を出すのはカオルちゃんのほうだと聞いたことがある。

「食わんかい。おうコラおう」

カオルちゃんが言った。私と小鉄は店の奥のカウンターに座らされ、奥から三番目の椅子にカオルちゃんが黒部《くろべ》ダムのようにデン！　と両足を広げて座っている。二人で水に変身しても通してもらえない。

「い、いただきまーす！」

言って食べようとした。きっと味なんかわからないだろうし、熱いけど早く解放されたいから口の中のヤケドは必至である。覚悟を決めた。

「うまかったか。おうコラ」

二秒後、カオルちゃんはそう言った。へ？　と思っていたら、お好み焼きのコテを奪い取られた。大きなグローブみたいな手なので、もんじゃ焼きのコテに見える。そしてあっという間に私と小鉄の分の豚玉二枚をペロリとたいらげた。鬼のような肺活量で一本のタバコを「んーーーー！」と二息で吸い切る人である。猫舌？　なんだソレは？　と、揚げたてのトンカツをザクザク食べる人である。二枚の熱々の豚玉なんて秒食である。

「食べ終わったらゼニ払わんかい、おうコラ」

「…………」

「豚玉二枚やからコラ、一万五千でええどコラ、まけといたる。おうコラおう、おう!」

開いた口がふさがらなかった。でも長く開けとくと何を口の中に入れられるかわからないので、早く閉じる必要もある。ひどい話である。豚玉一枚一万円だ。二枚で二万円。五千円まけていただいて一万五千円。ひとくちも食べてないのに。カウンターの上に出された水を飲みかけたが手が止まった。水一杯千円はとられそうである。しかもまけてくれたのだからうれしそうな顔をしないと頭に隕石が落下してくる可能性、大である。

「あ、ありがとう……カオルちゃん」

「くわあー、ペッ!!」

しかし金がなかった。あったら水切りマットなんか持ってウロウロしない。

(……どうする、小鉄?)

超小声とアイコンタクトで私は小鉄に話しかけた。小鉄はそっと店の奥を見る。二階への階段の上り口の向こうにビールケースが見え、その奥に小さな勝手口らしきアルミのドアが見えていた。

(……食い逃げするしかないやろ)

(……食べてないのに食い逃げか)

(……しゃあないやんけ。とりあえずオレがカオルちゃんに飛びかかるから、その隙にチュンバ、オマエだけでも逃げいや)

小鉄が目で大ウソをほざいた。

（……いや、オレが一発カオルちゃんをどつくから、オマエこそ先に逃げいや）

私も目で大ウソを言った。いやいやキミこそ、いえいえアナタが、と私と小鉄はウソの言い合いっこをしていた。ダマされて立ち上がったほうをカオルちゃん目がけて蹴とばし、カオルちゃんが怒って暴れてる隙に自分だけ逃げる。私も小鉄も作戦は一緒のようだ。

（……早《は》よ逃げいて。立ち上がれて）

（……ええて、オマエこそ立って。スタンドアープッ！）

「こんにちはァ！　どうもカオルちゃん！　きれいな店やんか。おめでとうさん！」

その時だった。入口で声がして地元のヤクザたちが七人入って来た。

「うわ、ヤクザだらけ！」

「チャーンスッ！」

その団体を見て私と小鉄はニンマリと笑った。逃げ出す大チャンスである。ヤクザたちは一瞬だけ私たちの顔をジロリと見て、

「ん？　なんやオマエらか？　学校卒業したらウチに来いウチに。根性たたき直したるわ」

と言うと順番に席に着いた。すべての席が埋まり大入り満員である。もちろんカオルちゃんは私たちより新しい獲物へと関心が移る。小鉄がチラリと裏の勝手口を見てうなずいた。私の尻も少し浮く。イチ、ニの、サン！　でダッシュで逃げようとした、その時である。

「これ、カオルちゃん、お祝い。少ないけど」

と、七人のヤクザの一番エライ感じのオッサンが白地に赤い水引が掛かった袋を、スーツの内ポケットから取り出し、カオルちゃんに手渡した。さすがカオルちゃんである。ふつう新規に店をオープンさせると、地元のヤクザがやって来て「挨拶《あいさつ》、忘れてないけ?」と、恐い目のまま笑顔で言ったりするものだが、カオルちゃんの場合は反対である。あっちからお祝い持参で駆けつける。恐い目をしたらもっと恐い目を返されるからそれもない。

「ぶ厚《あ》つ!」

「あれ、五十万は入ってるど」

私と小鉄の足は止まり、尻も元に戻った。

カオルちゃんは祝い袋を当たり前のように受け取ると、当たり前のようにカウンターの上に無造作に置いた。私と小鉄は当たり前のようにそれを狙う。

「おうおう、コラ」

(……盗《と》るぞ)

(……もちろん)

私が人間の耳には聞こえない周波数で小鉄に言うと、小鉄がテレパシーで返事をした。五十万あればバクチ用のゲーム機の中古を二台は買える。それをどこかの喫茶店にでも置いてもらえれば、店に数パーセント渡して毎月アガリが入ってくる。もう水切りマットのレンタル行商などしなくても、学生服は誂え放題、購買部のパンも買い占めて横流し、ヘタすりゃ飛び道具で武装も出来るではないか。

「小鉄……、中学校を占領してまおか」

「おう……、春木駐屯地か」

私たちの小鼻は大きくふくらんだ。その間にヤクザたちは全員、注文をしたようだ。

「おい、みんな同《おんな》じやつにせいよ。別々のん言うたら焼くの大変やからな。な、ミーちゃん」

ヤクザの一人が言い、小悪魔が「ふふん」と笑った。どうやら小悪魔はミーちゃんと呼ばれているらしい。

「誰、ミーちゃんて？　何者？」

「知らん」

ミーちゃんは「ふふん♪　ふふん♪」と上機嫌で豚玉七枚を焼いた。

「ビールも七本、もらおか」

なにも知らないヤクザたちはビールまで追加する。

「えーと……、豚玉が一枚一万円やったやろ、ほんでェ……ビールは一本五千円は取るやろから……七万プラス三万五千円で……十万五千円か。ヤクザ料金を足して、十五万！」

小鉄が言うと、カオルちゃんがこっちを向いてギリリとにらんだ。図星のようである。ヤクザたちは楽しそうに食べ、やがて「ごちそーさん！」と立ち上がった。

「カオルちゃん、おあいそ。全部でナンボ？」

「おう、十五でええわ。おうコラ」

ええわ、が付いて十五万円である。ということは実際はもっと高いことになる。

「あ、カウンターのチャージやな。忘れてたわ」

小鉄がポンと手の平をたたくと、ミーちゃんが「ふふーん」と笑った。笑えないのはヤクザのほうである。

「ワレ、ボケとんかい」

ヤクザの中で一番入口寄りに座っていた若い男が言った。あまり見かけない男だった。男は食後のタバコを店の床に捨て、ピカピカの革靴で踏み消した。

「あー……、あっ！」

カオルちゃん以外の全員が口をそろえる。前半の「あー」はカオルちゃんに対して文句を言ったこと、後半部分の「あっ！」はタバコを床に捨てたことである。アウトである、ダブルプレーで一気に二死である。カオルちゃんの中でスイッチがＯＮになる音が「カチン！」とした。

「祝いまでもろといてやで！　十五万やとコラ！　ようコラ、よお！」

トリプルプレー、三死である。カオルちゃんの「おうコラ、おう！」に良く似た言葉は言わないほうがいい。

「くわあー、ペッ!!」

カオルちゃんがゆっくり男に近寄った。タバコはダメだが自分のタンはＯＫらしい。

「ふつうはタダにしときますやろ！　こんなマッズイ豚玉、初めて食べたわい！　メリケン粉そのまま焼いたほうが、まだマシちゃうけ？　ワレ、メリケン粉にしてまうど」

私は胸の前で十字を切った。オーマイガーである。来世が小麦粉と言われたばかりのカオルちやんに、なんという暴言であろうか。占いの館のようにグチャグチャは覚悟しないといけない。

「おうコラ、おうおう!!」

ドッシーン！　と衝撃波が店を揺らした。一発KO、男は首が折れたかのようにグラングランになり、店の戸板ごと外に吹っ飛んだ。カオルちゃんもそのまま外に出る。

「くわあー、ペッ!!」

何キロもある肉のカタマリを、バットで殴り続けるような音が聞こえた。男の声はしない。一度「キュー」と小さく声を出したきりである。

「ミーちゃん……止めたってェな」

ヤクザの一人が言ったが、ミーちゃんはプウッとふくれてソッポを向いてる。マズイと言われてくやしいのだろう、目にうっすらと涙までためている。

「小鉄！　今や！」

「ラジャー！」

小鉄がジャンプし、カウンターの上に手を伸ばした。が、すでに祝い袋は消えていた。ミーちゃんが半ベソをかきながら、あっちを向いた。ジーンズの尻ポケットに祝い袋が半分顔を出していた。

「ふふーん」

ミーちゃんがやっと笑い、私たちとヤクザを同時に見る。

「おまえらホンマ、えぐいガキどもやのォ。ちょう事務所来い！」

「また今度！」

私と小鉄は裏口のアルミドアを蹴やぶり逃げた。今オリンピックに出場したら、メダルが取れるんじゃないかと思えるくらい速く走った。

「あ、小鉄！　マットは！」

「忘れたあ！」

「絶対にイサミちゃん、弁償せいとか言うど！」

天をあおぎ走った。カオルちゃんが死んだと聞いたのは、そんなことがあって、しばらくしてからのことだった。


少し外側に傾いたブロック塀にもたれ、私はゆっくりとタバコの煙を吐き出した。煙は夜空へとのぼり、途中で見えなくなった。

「盗んだ洋モク、あとどれくらい残ってんねん？」

「三カートンかな。あとは全部売れたから」

私が聞くと、小鉄は指を三本立てて答えた。顔は反対側、「セレモ岸和田」という会場に向けられたままだ。会場の入口には「村山家」と書かれた提灯が出され、前の路上にガードマンが出て交通整理にあたっていた。車は渋滞し、黒の上下を着た人が歩道からあふれかえっている。

「ホンマに死んだんやろか、カオルちゃん」

「らしいで……」

しかしえらい人出である。ヤクザもいれば不良もいるし、一般参列の人用にと、記帳台まで用意されているらしい。私たちの前を通る大人たちの顔には「?」マークが描かれ、通夜に行って故人を偲《しの》ぶというよりも、本当に死んだのかどうか、この目で確めるといった感じにうつった。

「この調子でいったら明日の告別式なんか、このへん祭りみたいになるでの」

「今日でも見てみい、夜店出てるど」

「うわっ! ホンマや」

おそらく個人の通夜で、会場周辺に夜店が並んだのは後にも先にもカオルちゃんだけであろう。人の群れの中にベビーカステラとスマートボール、ヨーヨーつりに焼きトウモロコシの店の灯りが見えていた。

「あの店、出してんのんイサミちゃんらしいわ」

「さすがやの。カオルちゃん死んだ時、剥製にせい! 言うたんやて」

焼きトウモロコシの匂いが風にのって鼻をくすぐった。お腹の虫がキュルルと鳴いた。

「ほんでカオルちゃん、いつ死んでん?」

「おとついやて。死ぬどコラ! おうコラおう! 言うて死んだらしいわ」

「ちゅうことは、来週やな」

「うん、来週の後半や」

私と小鉄はうなずき合った。以前、岸和田署の刑事が教えてくれた話がある。

「カオルみたいなもん放し飼いにしやがって! オマエとこSATとかいう特殊部隊あるんやろ

がい！　それ使こて暗殺とか出来んのかい？　こっちは迷惑してんねん！」

ヤクザたちは事あるごとに言うそうだ。じつはカオルちゃん、街を歩いていてノドがかわいたりすると、暴力団事務所へと勝手に入ってくるそうだ。

「くわあー、ペッ!!」

監視カメラをギンッ！　とにらむ。カメラは勝手に横を向くか、何かしらの強い磁力のせいで事務所内の画像は歪むという。カオルちゃんは空母のような足で鉄のトビラを蹴やぶり進入、脂汗をかいて下を向く若い衆には目もくれずに奥へと進み、組員用キッチンに入るや勝手に冷蔵庫のドアを開け、良く冷えたビールを二本、一気に飲み干し、

「次はロング缶、冷やしとかんかい。おうコラ」

と、帰って行くらしい。困った人である。

「ワシとこの事務所はマラソンの給水ポイントちゃう言うとんじゃ！　警察のほうで殺せや」

「アホか！　オマエらこそチャカ持ってんやろ。ヒットマンもおるんやろ！　自分とこで始末せんかい。そしたらカオルは死ぬわ、オマエとこを潰せるわ、一石二鳥なんじゃい！」

そっちで何とかしろ、いやそっちでやれと、押し問答がしばらく続き、両者同時に「失敗したら後が恐い……」で落ちつくらしい。

「しかもカオルのことや……、十日したら生まれ変わるしのォ」

刑事がそう言って肩を落としていた。死んで十日、それが来週なのである。

「そやけどやで、カオルちゃん生まれ変わったかて小麦粉やろ」

「それもそやのォ、メリケン粉やもん、なんも恐《こ》わないで」

私と小鉄は笑い合い、いやそれでも自分たちの想像を遥かに超えた小麦粉だったらどうする？と、また話し合っていた。

「巨大小麦粉とかか？」

「いや、ふつうの粉なんやけどな、なにかの拍子に岸和田じゅうの小麦粉がザーッて集まってカオルちゃんを作り上げるねん」

「恐いのォ。やっぱり剝製にして、岸城《きしき》神社に祀《まつ》っといたほうがエエかものォ」

うーんとバカなことを考えていたら、目の前に人が立ち止まった。スティーブ・マックイーンが半泣きになったような顔が私たちに「いよっ！」と手を上げていた。

「ハッタリくん！　なにしてんよ、そんなバスの運ちゃんみたいな格好して」

その人は「ハッタリくん」と呼ばれる人だった。たしかカオルちゃんと同い年で、幼稚園から中学まで、ずっとクラスメートだったハズである。ハッタリくんはカオルちゃんのことを「親友」と呼んだり「昔はオレの子分」だったと言うが、カオルちゃんはハッタリくんのことを「昆虫」と言っていた。

「カオル？　なにが恐いねん？　いつでもシバいたるがな、呼んで来んかい」

などと陰では豪語するのだが、以前私はカオルちゃんとハッタリくんが偶然に出会うのを目撃している。

春木の駅前の喫茶店でタムロしていた時のことだ。ちょうど岸和田競輪の開催日で、駅周辺はオッサンたちであふれ返っていた。

「チュンバ！　あれ泉大津の杉田《すぎた》ちゃうけ？　ほらアレ、ニットのシャツ着て眼帯してる奴」

「どれよ……、おお！　杉田やんけ。あのガキ、二度と春木には来《く》んな言うたハズやのに。おい！　ダレか行って引きずって来いや」

オッサンたちの中で毛色の違う一匹を見つけ出した時だった。悪友の一人が手にスパナを持ち、店を出ようとした。

「くわあー、ペッ!!」

声と同時にドッシーン！　とドアが開き、悪友が二メートルくらい吹っ飛んだ。

「うわっ、カオルちゃんや」

私たちは一斉にテーブルの下へともぐった。もし近くに座布団があれば、それを頭にのせてもぐったであろう。そう小学生の頃から教えられている。

「ええかー、突然の地震とカオルはな、変にジタバタせんほうがええ！　とくに屋内で遭遇した時は、何が降ってくるかわからんからな、とりあえず身を守るために、テーブル等の下に隠れて、怒り……いや揺れが収束するまで出たらアカンぞー！　わかったなあ！　命を粗末にすんなよお！　長く生きて！　この岸和田のために働いてくれえー！」

先生が叫んでいた。喫茶店に居合わせた大人たちも、「うわっ！」と一斉に自分の頭と顔を守ろうとしていた。

「どけ。おうコラおう」

カオルちゃんは店の一番奥のテーブル席に座っていた四人組の男たちを見下ろした。

「ハイ、よろこんでエ！」

男たちは小動物のようにピョンと立ち上がり、あわててレジへと向かった。

「片付けい。おうコラ」

そしてカオルちゃんはウェイターに声をかける。ウェイターは血の気のひいた顔でテーブルを片し、まるでプロのカルタ取り大会のような素早さでテーブルを拭いた。

「ごご、ご注文は？」

「冷《れい》コー、表面張力ギリギリ。おうコラ」

「ハヒ！」

言ってすぐにアイスコーヒーが出て来た。すごい差である。私たちが「レスカ！」「ミーティー」「カルコー」「キューピット」などと注文しても、なかなか出てこないし、あげくに「めんどくっさいから」との理由で全員の目の前に「砂糖水」を置いた店とは思えない対応である。

「なんでサトウ水やねん！　メニューにもないやんけ！　オレらカブト虫か！」

「じゃあっしゃい！　そろそろ十レースの出走やねん！　奥の厨房もいろいろ忙しいねん！」

そう言ってすぐにひっこんだウェイターが、カオルちゃんの真横で執事のように立っていた。

「おかわり。おうコラ、ゲフッ」

カオルちゃんは表面張力ギリギリまで入ったアイスコーヒーを、チュー――――とストローで一息に吸い、言った。まるで巨大な蚊である。一息である。ウェイターは走り、カオルちゃんはスポーツ新聞をひろげた。

「……カオルちゃん、新聞読めるんか?」

「……あっ、店の新聞、勝手にやぶって赤エンピツでシルシつけてんど」

テーブルの下で言い合っていた時だった。

「なんやコレ、ドア半分つぶれてるやんけ。ダレ？　誰こいつ？　スパナ握ったまま白目むいて倒れてるし」

と、店に男が一人、入って来た。男はハッタリくんその人だった。本名は「服部岳《はっとりたけし》」。でもハッタリばっかり言うから「ハッタリだけ」という愛称で親しまれているが、本人は親しまれたくないらしい。

ハッタリくんは店の入口に置いてあるマガジンラックからスポーツ新聞を一紙抜きとり、

「ホットココア、表面張力ギリギリ！　ハハハ」

と、誰かのマネをするかのように歩きながら注文をし、空いている席はないかと目で探した。

――ギンッ!!

そしてその誰かの視線に気付く。パチン！　と電気コードがショートするかのような音が鳴った。ハッタリくんは約十秒、カオルちゃんを見ていた、ハズだ。ところがである。

「な、なんや！　今日はこの店、休みかい……。なーんや、休みか……」

と、突然踵《きびす》を返し、百八十度ターンをすると満員の店を出て行ったのである。

「あ！　お客さーん！　新聞新聞！　新聞返してー」

ウェイターが後を追ったがハッタリくんはダッシュで走り、「うるさい！　大声を出すなアホ！」という声だけを残して消え去った。

「え？　バスの運ちゃんてか？　どこがやねん」

そのハッタリくんが私と小鉄に、にじり寄って来た。きっと若い頃の略礼服をひっぱり出したのであろう、少し紺がかったスーツの丈が、ありとあらゆる部分で短い。防虫剤の匂いがしていた。そして右手の指を二本突き出し、タバコをせがんだ。

「お！　洋モクやんけ。ハブリええのォ、中学生が」

小鉄が火をつけてやると、ハッタリくんは鼻から煙を吐き出した。

「ほんで？　将来ろくなモンにならんガキ二名で何してんねん、こんなとこで」

もう一服タバコを吸ったハッタリくんは、今度は口から煙を吐き出したのだが、蒸気機関車のように左右に煙がわかれていた。

「ハッタリくんこそどこ行くんよ？　ひょっとしてあそこ？」

私がカオルちゃんの通夜会場を指さすと、ハッタリくんは「ゴクリ……」と生ツバをのみこんでうなずいた。

「何しに？」

「何しにて、決まってるやんけ！」

「手エ、合わすんけ。死んでくれてアリガトウて」

「アホか！　仕返しに行くねん！」

じつはハッタリくん、カオルちゃんが死ぬ前日にバッタリと会ったそうである。二日前から痛み出した虫歯がピークをむかえ、歯医者へとバイクで向かった。途中の信号で止まっていると、突然何者かがバイクの後ろに座った。パンクしそうなくらいバイクが沈む。

「くわあー、ペッ!!」

おそるおそる振り返ると、やっぱりカオルちゃんだったらしい。

「競輪場や。早よ行けコラ、おうコラ」

ゴインと後頭部を殴られたそうだ。目の玉が二センチ前に出たらしい。やむなくハッタリくんは競輪場へと走った。途中、信号で止まると殴られ、ほかのバイクや車に抜かれるとまた殴られる。競輪場の前に到着した時は原因不明の鼻血が出ていたらしい。

「金や。おうコラおう」

バイクから降りたカオルちゃんはハッタリくんの鼻先に、天狗様が持っている葉っパより大きな手を差し出す。そりゃそうである、タクシーに乗ってもメーター分の運賃を逆にもらうカオルちゃんである。

——△○▲□×●※■÷×!!

後頭部を何発も殴られ、呂律がまわらなくなったハッタリくんであるが、いま自分が持っているお金はすべて、今から行く歯医者さんに払わなければいけない金だ、とゼスチャーをまじえて必死で説明をした。カオルちゃん、ニヤリと笑ったそうである。笑顔がふつうの人の怒った顔だ。

「どの歯ア、痛いねん、コラ」

「奥歯」

ガスン!!　と突然の衝撃を感じ、勝手に体の力が抜け、倒れたそうだ。口の中が鉄くさくなり、ペッと吐き出したら血と奥歯が地面に落ちた。反対側である。痛いのは左側の奥歯ではなく右側である。

そう言ったら無理矢理立たされ、今度こそは間違いなく右側の奥歯と、オマケだと親シラズも一本、へし折ってくれたそうだ。もちろん歯医者へ払う分の治療代はカオル歯科にぶん取られる。保険がきかないので財布には一銭も残してはくれない。

「よかったやん、待ち合い室で待たんでエエし、注射もうたれんでアッ！　ちゅう間やし」

「ええことあるかい！　痛かったのは一本だけじゃ！　あとの二本は健康優良歯じゃ！」

私が笑うとハッタリくんはタバコの煙を勢いよく吐き出した。そのせいで煙が左右にわかれているようだ。

「その仕返しに行くねん！　今から！　カオルの奥歯も折ってこましたる！」

怒ったチワワのように歯ぐきを見せるハッタリくんであるが、当のカオルちゃんはもう死んでいる。

「そやから行くんやんけ」

ハッタリくんはそう言い、丈の短いズボンのポケットから二万円を取り出し、約五秒ほど考えると一万円を元にもどし、

「ほら一万やるわ。二人で分けけい」

と、残った一万円札を私の前に突き出した。お金ならどんな金でも受け取り、それをキレイに使うことをモットーにしている小鉄が横から手を出し奪い取った。

「なによ？　この一万？」

小鉄が聞いた。ハッタリくんは消えいりそうな声で（バイト代や……）とつぶやいた。

「バイト？」

「そう……、今から……仕返しをするんやけどな、スマンけど、おまえらも一緒に来てやなァ、なんちゅうかその、カオルの手と足を……動かんように押さえつけといてくれたら……大変ありがたく思うワケで……」

ポリポリと首スジを掻き、そう言うのだ。死んだカオルちゃんに仕返しに行き、しかも私たちに手足が動かないよう、シッカリと持っといてくれと、このとぼけたオッサンは言うのである。

「もしものことがあってみい！　ホンマに動かへんて言い切れるか！」

いや、言い切れないと思う。だからこそ、そんなアルバイトはお断りしたい。

「ほたら一万返せ！」

「へ？　一万？　なんのこと？」

小鉄が言った。知らん顔で言い切った。いくら年長者といえども、私たちの前での油断は禁物である。イサミちゃんでも、先にお金を渡したりはしない。

「オマエら、大人をナメとんか……」

「さあ。明日からどっちが道の端っこを歩くか、いま決めてもエエけどな、オレらは」

「えぐいガキどもやのォ。まあエエわ。それは取っとけ。そのかわり」

ハッタリくんは急に小声になり、別のバイトの話を持ち出した。

「トラック一台、段取りしてくれや。その金は手間賃や」

出来れば四トン車がいい、そしてなるべく目立たない色がありがたいと言う。

「四トンのトラックでエエのん」

「おう、段取りできたら連絡してくれや」

ハッタリくんは短い上着の内ポケットに手を突っ込むと、一枚の名刺を取り出した。表には「服部商会」の文字と自分の名前、左の下には電話番号が書かれてあった。名刺を裏返せと本人がうるさいので裏返すと、

(引越し荷物・遺品・処分品・どんな物でも高価買取、電話一本即参上)

と、キレイに印刷されている。また三日坊主なことを始めたようだ。

「あれ? ハッタリくん、ついこないだまで再生タイヤの会社やってたんとちがう?」

「アレはあかん。うまいことゴムを盛って溝を削るのんが大変や。やめた! 今はそれや。ほな頼んだぞ」

そう言い残し、ハッタリくんは通夜会場に一人で向かった。あんなことを言ってはいたが、カオルちゃんの亡骸《なきがら》を見たら真先に泣くのはハッタリくんのハズだ。私と小鉄はしばらくの間、名刺をながめていたが、

「あの人、また邪悪なこと考えてるで」

「うん。ま、イッチョ噛ましてもろて、オイシイとこだけ食うてドロンしたろや」

と、意見は一致した。そしてもうひとつ、別の邪悪な香りがさっきからしていた。カオルちゃんの通夜に出席し、早々と帰る連中が私たちの前を通りすぎているのだが、

「どういうこっちゃ？　棺桶がなかったでのォ」

「おう、どこにもなかったし、あの女ダレやろ？　一人でニヤニヤしてたど」

「そうそう、なんや『ふふん、ふふーん』て悲しまんと、むしろうれしそうやった……」

と、通る奴、通る奴が同じことを言っているのだ。

「ミーちゃんやな」

「うん、小悪魔に間違いなっしや」

「なんかあるぞ、こっちも」

私と小鉄は通夜会場をじっと見ていた。


十日ほど経っただろうか。私は学校からの帰り道、女の子と腕を組んで歩いていた。男と女がつき合い、一緒に帰るのほど楽しいことはない。

「もう！　今日みんなにからかわれたやん」

組んでる腕を強く抱き、女が言った。私の腕に女のやわらかい胸が当たる。本心は「うほほーい」なのだが、私は冷静をよそおい、軽く「なんでや」とだけ言った。

女の名は「リョーコ」と言う。二ケ月ほど前に一級下に転校して来た子だ。髪型や服装が少し

都会の香りを漂わせていた。長目のスカートから伸びる脚は白く、足首がキュッと細い。いつも少しだけ半開きのクチビルもまた可愛く、私はありとあらゆる方法で近づいた。

「おいおいナカバー！　なんでオマエがこの教室におるねん！　三年の教室は上やろォ！」

「ちゃうねん大広間、落第したねんオレ。朝礼に五十回連続で遅刻したら落第やて、きのう校長が決めたらしいねん。オレ今日でちょうど五十回目やってん。まいったまいった」

リョーコの担任の先生のあだ名は「大広間」と言った。髪の毛が両サイドだけ黒々としているのに、てっぺんはツルツルと奥に広がっているので私がつけて差しあげたあだ名だ。

「見た目は四十畳くらいの広さに見えるけどな、頭のてっぺんに二本だけ襖《ふすま》みたいに残ってるやろ？　アレを外したら奥にもう三十畳ほどの部屋があんねん。外してほしい時はオレに言えよ。予約入れといたるから」

「よけいなことを言ってらんと三年の教室に戻れナカバァー！　忘年会シーズン以外の予約は入れんぞー！」

大広間はチョークを私に投げ、私は席を立つ。隣の席の女が笑った。リョーコだ。

そんなことを一週間ほど続け、ある日突然姿を見せなくしてやった。リョーコの顔は見たいが必死で我慢した。そしたら今度はリョーコが三年の教室にやって来て、私を探し出した。気がある。しめしめである。男と女がうまくいく時は、そういうものだ。そしてきのう、ついに私は本丸に攻め入った。

「突然、校内放送のスピーカーからチュンバの声が流れるんやもん、びっくりしたわ」

さっきよりもっと強く、リョーコが私の腕を抱きしめた。やわらかいものが心地いい。

きのう、私は学校の放送部の連中を外に追い出し、一時的に放送室を乗っ取ったのである。そして「愛の告白」をした。

(あー、あー、あー、本日は晴天ナリ、本日は晴天ナリ、ただ今マイクのテスト中ぅ。テステステス)

フルボリュームで言ったら、各教室の窓から「今日は大雨じゃ、アホー!」と聞こえた。よしテストは終了だ。私は深呼吸をひとつし、マイクを握った。

(オレや! チュンバや! オレおまえのこと、一目見た時から好っきやねん! 夜も眠れん! そやから教室で寝てる! 一生守ったる! 浮気なんかせえへん! したら出家する! そやからオレと、オレとつきおうてくれー! 好きや! 大好きやー!!)

一気に言ったのである。言ってしまったのである。顔が真っ赤になったのである。

「チュンバー! それって誰に言うてんねーん!」

と、各教室の窓から聞こえていた……。

「あ……」

と思った時には遅かった。大勢の先生たちのスリッパ音が、放送室を合鍵で開ける音と同時に飛び込んで来た。

「けどすっごくうれしかった。ウチに言うてくれてんのん知ってたもん」

「うん……」

私はもじもじとし、リョーコもまたもじもじとしながら歩いていた。

その時である。道路の端っこに三人組の男たちがウンコさん座りをし、ペッとツバを吐いて私に声をかけてきた。

「ストップゥ〰〰〰〰」

「なにニヤけてんねん、どチュンバ。スキだらけやど」

そして真ン中の男が立ち上がると、左右の男もゆっくりと立ち上がった。真ン中の男は定《さだ》という男で、隣町にある忠岡《ただおか》中学校のてっぺんである。言っておくが隣町といっても岸和田内ではなく、反対側の町のことだ。

私が通うのは岸和田市立春木中学校である。悪友の小鉄は隣の岸和田市立光陽《こうよう》中学校で、ガイラという双子の弟になる悪友はそのまた隣の岸和田市立岸城中学校である。みんな岸和田市立だ。岸和田市立がどういうことかというと、全部「丸坊主」なのである。誰が決めたかは知らない。知ってたらそのオッサンの頭も丸めてやり、「取り消しまーす!」と言うまで耳タブをライターであぶってやる。

それにひきかえ、定の通うのは岸和田市立ではなく、反対側のお隣さんの泉北《せんぼく》部の忠岡町立忠岡中学校だ。そして忠岡町立は昔から「長髪ＯＫ」なのである。

長髪である。長い髪と書いて長髪。坊主なんて坊の主だ。なんか負けている。

長髪は好きな髪型ができる。色もつけられる。シャンプーという坊主頭には売ってくれないものまで使える。場合によっては、お湯に溶いて使うらしいリンスというものまで使用出来るのだ。

「まいったのォ、ブリーチしすぎて髪の毛の先っちょが枝毛だらけになってもうたやんけ」

「オレもや。ドライヤーもひょっとして悪いんかも知れんでの」

なんて会話をしている忠中の奴らを、つい先日も小鉄と二人でどつき回したばかりである。

「……チュンバ、枝毛てなに？　ドライヤーってなに？　金で買えるもんなん？」

と、小鉄なんか半泣きで殴っていた。

「おうチュンバ、ワレこないだ、こいつらをシバいてくれたらしいの」

定が言った。オールバックである。リーゼントである、メッシュまでいれている。私たち坊主頭がいれられるのはソリコミだけである。なんかメッシュのほうがオシャレ度も好感度もアップな感じがする。

「オレの顔、忘れたとは言わさんど、コラ」

枝毛がすごんだ。ゴメン忘れてた。ドライヤー君もうなずき、私の顔をにらみつける。

「ダレ？　この子ら」

リョーコが私の背中に隠れ、言った。私は肩をすぼめ、首を振る。

「さあ？　自衛隊の勧誘の人らちゃう？　あっちにジープとめてるで、きっと。行こ行こ」

私は定たちを無視し、リョーコの肩に手を回して歩き始めた。今日は忙しいのである。近所の工場で働く母は夕方五時半に帰って来る。その頃になると近所の雀荘で遊ぶ父も、腹をすかせて犬みたいに帰って来るハズだ。

家に誰もいないのは「今」だけなのだ。

チャンスなのである、愛を深めたいのである、押し倒すのである。

「コラ、ダレが自衛隊やねん、年が足らんわい」

しかし定は帰してはくれない。女にモテないから、女づれだとよけいに突っかかってくる。

「チャラチャラすんなボケ！　殺すど！」

「殺してみんかい」

肩をつかんできたので振り向き様に裏拳で一発、顔面を殴ってやった。グッ……と定は鼻を両手で押さえ、下がった。

「定、ワレなめてたらアカンど。ワレひとりと、こんなへーのプーみたいなガキ二人で、オレに勝てるとでも思てんかい」

定の恐さはサシのケンカではない。いつも連れている仲間の多さだ。最低でも十人、ケンカになると二十人、さらにレベルが上がると三十人以上になる。もし知らない奴が間違って定に「二十人でも三十人でも連れて来れるもんなら連れて来い！　ボケ！」などと言ったら最後、三十分もしないうちに、

「面倒くっさいから五十人ほど連れて来たど。ハッキリした数はワレの体で数えんかい」

と、定軍団に取り囲まれ、半殺しにされるだろう。私なんか小学生の頃から定軍団に何度もやられている、上得意様である。定軍団にグチャグチャにどつき回され、背が伸びたようなものだ。

「……チュンバ……覚えとれよ」

定が鼻血をフンッ！　と指で飛ばし、言った。さすがである。殴られたから殴り返すのではな

く、すでに大人数での仕返しを決めている。

「今日は女連れやから……ゆるしちゃる」

また定が言った。ほざいた。なんか私が殴られ、定に許してもらった気分である。

「ちょ、ちょう待てよオイ、定。逆やろ逆。ゆるしちゃるてオイ、それはミーのセリフやろ」

「じゃかっしゃい！　今日はワレとケンカしに来たんとちゃうんじゃい！」

勝手なことを定は言う。春木の中に三人で来るようなことはしない、来るなら最低十人は連れて来る。けれども今日は三人だ。

「そやけどオマエら、さっきまで、こないだの仕返しがどうのこうのて……」

「うるさい！　ついでやから言うてみたんじゃいアホ！」

ついにはアホ呼ばわりである。なんかムカついてきたので、もっと殴ってやろうと前に出た。

定たちが下がる。

「今日は女を見に来たんじゃい……」

金魚のフン一号が言った。枝毛のほうである。

「オマエの一級下に、えらいベッピンさんが転校して来たやろ」

金魚のフン二号が言った。ドライヤーのほうである。

「お目が高い」

私が言った。振り返るとリョーコがピースサインをしていた。

「この子や。もうオレのんやけど」

「なにィー!!」

定たちがリョーコを見、リョーコがベーと舌を出した。とたん定たちの目が変わった。

「なめくさって、どチュンバが」

と、三人で一斉に飛びかかってきそうである。逆うらみである。「リョーコ、離れとけ」と、こっちも臨戦態勢をとる。定のことだからまずはフン一号と二号を使い、私に抱きつかせるだろう。そして体が崩れたら殴りかかってくる。

（えーと、あそこに石が落ちてると、あっちのブロックと植木鉢も使えるな。あのシャッターを開ける棒は取れるかな……）

武器になる物と相手を逃がしてやる道、それらを目で確認し、位置を覚えた。ケンカの鉄則だ。三人くらいなら自分の逃げ道は作らない。

「どっからでもかかってこい、忠中のブーフーウー」

こないなら先手必勝、定の鼻がひん曲がるくらい殴ってやったら、フン一号と二号なんか動けなくなるだろう。

その時である。背後でリョーコが「あぶない！」と叫び、私の学生服を引っ張った。一瞬オレンジっぽい車体に黒のラインが入った車が見えた。

――ドッシーン！　ドン！　ドン！

大きな衝撃音と共に、私の目の前から定たち三人の姿が消えた。その後で車のブレーキ音がした。

「アホよォー！　飛び出すな！　車は急に止まれません！　ちゅうとんねん」

五メートルほど先にムスタングのマッハワンが止まり、その先十メートルほどの所で定とフン一号二号が重なって倒れていた。ムスタングの窓からイサミちゃんが顔を出していた。

「ダレも飛び出してないし、イサミちゃん」

「いよー、チュンバ！　あっ！　女なんか連れやがってからに！　今から不純異性交遊する気やなあ！」

傷だらけの恐い顔が笑い、ウイイイイーン!!　とムスタングが急にバックし、たまたま通りがかった郵便配達のバイクを撥ね飛ばして私の前で止まった。とにかく何かに当たらないとイサミちゃんは止まれないようだ。

イサミちゃんはじっとリョーコを見つめた。最初は顔を見、そして首、胸、腰、まできて、

「おネーチャン、クルッと回って」

と言い、リョーコが回ると、尻、脚、足首と順番に目を落としていった。その目は別にいやらしくはない。どちらかというと主婦がキュウリを買うのに一本手に取り、クルクル回している感じである。ほっといたらスイカみたいに軽く指でトントンと身のつまり具合を確めるかも知れない。

「合格！　大合格！　オメデトウさん！」

そして言った。なにが合格なのかわからないので聞くと、「ゲイト」という店の名前が出てきた。

バー・ゲイトである。名前は知っている。イサミちゃんがいろいろと面倒を見ている店で、いわゆるぼったくりバーである。ビール一本五千円、ピーナッツは一粒五百円ナリで、フルーツなどはすべて時価。トイレ使用料は小が三千円、大は一万円。チャージ二万の、女の子が横に座るだけで三万円。しかも女の子は、店の外で客をひっぱる子は若くてピチピチなのだが、店の中で客の相手をするのは、

「お化け屋敷に素のまんまで働けるようなオバハンばっかり！　サンダー杉山に酌してもろて金とられるんやど！」

という感じの女の人だらけだと言われる。店のオーナーは「大仏さん」と呼ばれるヤクザの人で、岸和田で一番最初にパンチパーマをやったのだが、誰が見ても奈良の大仏にソックリなため、そのあだ名がついた。めったに笑わない人で、皆既日蝕の時だけニヤーリと笑ったという目撃談がある。

「あかーん！　ゲイトはパス！」

私はリョーコを自分の背中に隠し、叫んだ。そんな野生の王国みたいな所へ大事なリョーコを出すわけにはいかない。

「ちゃうねんチュンバ、カン違いすな。このネーチャンは何もせんでエエねん、店の前の道で立っとくだけ！　客の相手は店の中にボボ・ブラジルと大木金太郎みたいなのんがおるがな。な！スケベどもを蟻地獄の底に蹴り落とすだけ！」

「あかーん！　蟻地獄もパス！　まだ中学生やで」

「あのな……チュンバ。女っちゅうもんはな、男とちごて、生理が始まった日から終わるまで、みんな一緒やねん。年齢なんてございません！」

イサミちゃんは力説する。女と思うからいけない。本革のソファと思ってみよ！　と言う。たしかに新品の革のソファもいいものだ。しかしなじんでない分、音がしたりもする。その点少し年季の入った革のソファは音もせず、触り心地、座り心地、脂の抜け具合もナイスだ。変色した部分は色を足し、磨いてやれば良い。

「大仏が好きなんは、もっと古いのんや。色はハゲてるわ、脚はガタガタやわ、染みまである。そやけど何ともいえん安心感が……」

「もうエエ！　パス！　革のソファとちがうし！」

「アカンか？　やっぱり。客一人、店の中に蹴り込んでくれたら二万円は払うのになァ……」

「へ？　一人二万！」

一瞬、ニヤリと笑ってリョーコを振り返ったが、恐い顔でにらまれたのでやめにした。

「ありがとう。考えときますゥー」

リョーコが笑って言った。

「うん。エエ娘《こ》やな」

イサミちゃんもあきらめてくれ、ムスタングを発進させようとして、また止まった。

「あ、そや、そんな話をしよ思て止まったんちゃうわ。あのなチュンバ」

また窓から地下鉄路線図みたいな傷だらけの顔がこっちを向く。

「カオルのアホな、あいつもう生まれかわってるみたいやど、オレきのうあいつの声、聞いたもん」

少しひきつった表情でイサミちゃんが言った。

「えーー!!」

定と郵便局員が驚いて立ち上がった。通りのいたる所で「えらいこっちゃあー!!」と声がする。

「どどどど、どこでよ!」

私が聞くと半径五百メートル以内に居る奴全員が聞き耳を立てた。

「え? 流木《ながれぎ》や流木。ぎょうさん墓のあるとこ」

きのうイサミちゃんは、今乗ってるムスタングの車体番号の偽造と、各書類の偽造というW偽造のため、岸和田の山手にある某工場へと向かったそうだ。

「ああ、流木の墓地の横の道をダーッて上がって、ヒョイて曲がったとこ?」

「そうそう、あそこ。途中で小便したなって車を止めて……」

立ち小便をやってたそうだ。目の前は草の小さな丘。丘の向こうは墓地で、遠くの小鳥の囀《さえず》りが聞こえる静かな場所だ。

「ほんまあの辺て静かやど。オレも死んだらこんなとこに埋めてほしいナァ、て思てたんや」

「ま、墓地やもんイサミちゃん。金さえ積んだら誰でもOKやで」

その時である。小便がズボンについて(あーあ……)と思った瞬間、

「くわあー、ペッ!!」

と、丘の向こうで声がしたそうである。エンジンが掛かっていたハズのムスタングは急にエンストし、計器類すべてが狂う。

また聞こえた。聞きなれた声だ。遠くで小鳥たちが飛び立ち、晴れてた空が急に雲におおわれたという。

「おうコラ！　おう!!」

「もう大人け！　生まれ変わって即、大人っすか！　オンギャーとちごて、くわー、ペッ！け？　おうコラ、おう！　て、大人のカオルちゃんやん！」

知らない間に定が真横に来ていた。左肩から下がプランプランしている。きっと脱臼したのだろう。

「ダレ、これ？」

「忠中の、ホラ、いっぱい子分おる奴」

「忠岡の定いいます。よろしくお願いします」

定の自己紹介なんか聞いてる場合ではない。生まれ変わり、すでに大人になってるカオルちゃんのことである。

「間違いないわ、あの声はカオルや。一瞬で小便のシミが乾いたし。これからまた、おもしろなるど！」

イサミちゃんはうれしそうに言い、「ほな！」とムスタングを急発進させた。

——ドッシーン!!　ドスン!!

やっと立ち上がったフン一号二号がまた撥ね飛ばされた。私は定の肩をたたいた。

「ん?」

「ん、やあるかい。ケンカの途中やんけ」

顔面を思い切り殴ってやった。


私と小鉄はそっと駐車中のセリカＬＢ《リフトバック》の陰に身を隠した。

「お!　このＬＢ、ピレリのタイヤにハヤシのホイールやんけ。二巻き半ほどオトしてるし」

私が言うと、小鉄が「来たど……」と声を落とした。セリカの向こうを四トントラックが通りすぎて行く。トラックの助手席には白いギブスで左肩を固定した定が乗っていた。顔は腫《は》れ上がり、青タンが出来ている。

「アレやったのん、チュンバ?」

小鉄がそっと顔を出し、言った。四トントラックの荷台には、定の子分たちが三十人ほど、鉄パイプや木刀を手に乗り込んでいた。

「うん……、ゴメンな」

私もそっと顔を上げ、言った。連中が探しているのは私である。きのうの仕返しである。どうやら本気のようで、さっき小鉄と歩いていたら後ろから轢《ひ》き殺されそうになった。

「おったあ!　チビも一緒やあ!　轢け轢け!　ひき殺してしまえー!!」

助手席の窓から定が叫んでなかったら、私も小鉄も気付かずに轢かれてペシャンコになっていたはずだ。バカの大声で助かった。

「オレ、関係ないやん。カオルちゃんが生まれ変わったっちゅう話を聞きに来ただけやん」

きのうイサミちゃんに聞いた話を、喫茶店でコーヒーを飲みつつ小鉄に教えてやった。そして出て来て、本日のケンカの相手でも探すか！　と歩いていたら轢かれそうになり、必死で脇道に逃げ込んだのである。とばっちりだと小鉄はふくれる。

「ちょうどエエやん、ケンカの相手見つかったやんけ」

「多すぎるわい。何人おんねん！　あのアホ、トラックまで用意しやがって」

私たちの目前を通りすぎたトラックは、Uターンをすると、また引き返して来た。今度はさっきよりゆっくりと走っていた。三十人以上の目が、ありとあらゆる物の裏までにらんでいる。私と小鉄は最大限に身を小さくし、セリカの陰に潜んだ。自分の影すら折りたたんでポケットの中に隠したかった。

「チュンバ、……定の家て、知ってる?」

小鉄が言った。命ガケで隠れているのだが、これはこれでけっこう楽しいものだ。

「大きいらしいの……」

「めちゃめちゃ大きいど。庭もあるし風呂もある、電話もあるんやで」

「うそっ！　風呂も電話もあるんかい！」

庭にはピンとこない自分がなさけないが、家に風呂も電話もあるなんて驚きである。セレブである。私の家なんか風呂はいまだに銭湯で、毎日行くには金がないので、小鉄が作ってくれた本物より出来のいいニセ風呂券で通えている。電話は近所に住むアパートの大家さんちが取りついでくれる。小鉄の家も同じようなもので、古いテレビのチャンネルはもげていて、根元の棒みたいなものをペンチで回している。それを小鉄は自分の妹にやらせて、リモコンではなくイモコンだと喜んでいた。涙がチョチョ切れる。

「庭に置いてる物置がな、オレらの家よりでっかいねん……」

なるほど、と思った。以前定が子分を連れて私の家を探し当て、殴り込んで来たことがあった。定は子分たちに「おい、裏口も固めとけよ」と命令を出したが、裏口らしきものがない。

「なんやコレ……？　家？　物置やろ」

その時、定の声が聞こえたのである。それを思い出した。

「チュンバ、おまえイナバ物置に住んでんか」

とも言われた。失礼な奴である。

「アホか！　百人乗ったら倒れてしまうわい！」

イナバではなくナカバ物置である。頭にきたので父のナタを手に、定軍団を追いかけ回してやった。そんな辛さをバネに生きている。

「……あいつの部屋な、十二畳もあんねん」

超小声で小鉄がまた言った。私は急いで自分の家の畳の枚数を数えてみた。ボロ負けである。

家族三人で住む家の畳の数より、定一人の部屋の枚数に負けていた。定たちのトラックがセリカの真横まで戻って来た。

「その広い部屋の天井にな……あのアホ、天地真理のポスター貼ってんねん……」

小鉄が私に耳うちをした。トラックはセリカの真横に止まったまま、動こうとしない。

「……小鉄、おまえ、なんで知ってんねん?」

「……こないだ、忍び込んだってん……情報収集や」

恐い男である。トラックから「ん?」という声が聞こえたので、私たちはもう一段、体を小さく折った。私の家だってポスターを天井に貼っていた時はある。春木駅前のレコードショップでもらったキャロルのポスターだ。自分の部屋がないので寝室兼リビング兼ダイニングキッチン兼書斎兼ウォークインクローゼット兼武器庫の六畳間の天井に貼った。画鋲はないか? と母に聞いたら、ないけどコレがあると、自分の肩に貼っていたサロンパスを「痛《い》たた」とめくってくれたので、それで貼った。使い古しのサロンパスである。その夜、ゆっくりと剝がれ、ポスターと一緒に酔って寝ていた父の顔の上に落ちてしまった。

「んりゃあー! どこのどいつじゃ、コウルァアアー!!」

父は驚いただろう。素肌に黒の革ジャンを着た四人組が突然天井から覆い被さってくるのである。キャロルのポスターはクシャクシャになってしまった。

「……哀しい話やの、チュンバ……」

「……うん、誰にも言わんといてな……」

「……いや、みんなに言う……」

「……ほたら小鉄、おまえとこ、電信柱から直接電気盗んでんのん、関電にバラすど……」

「……スマン、ゆるして……」

トラックは私たちには気付かずに、そのまま行きすぎた。

「いよ!! なにしてんな!!」

その時突然、セリカの後ろから人が現れた。私と小鉄は猫のように飛び上がった。よく見たらハッタリくんだった。

「コーヒー、おごってくれよ」

ハッタリくんが言った。ふつう年上の者なら「おごってやろか?」だが、この人はいつも逆である。殴ってやろうかと思ったが、トラックはまだ、すぐそこにいる。

「ところで、こないだ頼んだトラック、段取り出来そう?」

ハッタリくんも私たちの横にしゃがみ込み、言った。

「トラック? ああ、トラックなァ」

ニヤリと小鉄が笑う。そして首を伸ばした。

「あるで、トラック。四トントラック」

私も首を伸ばした。定たちのトラックは五十メートルほど先に止まっていた。私と小鉄がさっき出て来た喫茶店の前だ。荷台から二人が飛び下り、店の中の様子を見ていた。もう一度もどってないか確めているのだろう。

「ん? あの人」

私が指をさした。その喫茶店に二人の女の人が入ろうとし、定の子分とハチ合わせになって立ち止まっていた。女の人の一人がカオルちゃんのお好み焼きの店にいた小悪魔ミーちゃんだった。

「ん？　あのババア」

今度は小鉄が言った。ミーちゃんと一緒にいるのは、どうやらカオルちゃんにつぶされた占いの館の占いババアらしい。そういえば頭にケガでもしているのだろう、メロンを包む白いカバーのようなものをかぶっていた。

「退院してきたんやな」

「ん？　あの二人」

そしてハッタリくんが言った。二人とも知っているらしい。

「あの白のジーパンのほうはアレやんけ、死んだジローの妹のミスズや」

なるほど、それでヤクザたちに「ミーちゃん」と呼ばれていたのか。

「ジローて誰よ、ハッタリくん」

「ジローはジローやん、カオルの大親友」

「えー！　カオルちゃんに大親友なんかおったん？」

居たらしい。ハッタリくんもジローくんと親友だったと言うが、それはきっとウソだろう。ジローくんはすでに亡くなっているらしい。ミーちゃんはその人の妹で、長く岸和田を離れていたという。

「ふーん、その人がなんでカオルちゃんとお好み焼きの店やってたんやろ？」

「お好み焼き？　なにソレ？」

ハッタリくん、カオルちゃんのお好み焼きの店を知らなかったようだ。しかもなぜミーちゃんがカオルちゃんの通夜にいたのかも知らない。

「なんか一人でニコニコしてたしな、オレと一緒で死んでうれしい組の一人かなと思て」

声をかけたが知らんプリをされたそうだ。まるでジローくんの妹だというのを、知らない連中に隠すかのように。

「あやしいぞォー」

小鉄が言った。そんな女と、占いババアが一緒にいる。たしかに怪しい。

「占いババアて、あいつミスズと同級やど。うっとこの家、ジローとこと近かったから、よう見たがな。いつもあの二人は一緒やで」

「うん、あやしいな」

今度は私が言った。自分の経営する店の近所に友達がやっている占いの館があり、そこへカオルちゃんを連れて行き、まるで初めて会ったような顔をしていた二人の女。直後のカオルちゃんの死。

「ひょっとしてオレの出番か?」

小鉄が言った。定たちのトラックは交差点を左に入って行った。

「あ、トラックが逃げる」

私が言うと、小鉄がセリカの窓ガラスに飛びついた。ガチャガチャ、ポン！　二十秒でドアが開く。すぐに身をセリカの中に入れた。エンジンがかかった。さすがである。岸和田じゅうのありとあらゆる物の鍵を開けられる男、小鉄だ。

「トラック追いかけるど、チュンバ」

「おう。レッツラゴー！　ほなハッタリくん、また！」

「お、おう、オマエら無茶しよんな……」

私もセリカに乗り、スタートしかけた。言うのを忘れてたと、窓からカオルちゃん生まれ変わり説を教えてやった。

「えー!!　なんでやあ!!　火葬にせんと土葬にしたんやろお!!　そらアカンわ、出てくるわア!!」

ハッタリくんはその場に頭をかかえて座り込んでしまった。しかし私や小鉄より無茶をするのはハッタリくんのほうだと、二日後に私たちは思い知るのであった。


たしかにハッタリくんは電話の向こう側でそう言った。

「すぐ行く。敵は本能寺にあーり!!」

と。そしてすぐ、電話の周りに居るらしき人にペコペコあやまっていた。ハッタリくんがくれた名刺の電話番号は呼び出し先の番号で、事務所っぽく書かれていたのはハッタリくんの小汚いアパートだった。電話はお隣さんのもので、ハッタリくんはトイレにでも行っていたのか、お隣さんが呼びに行ってから五分以上も待たされ、その間お隣さんからハッタリくんの苦情をいっぱい聞かされた。

近所の家の傘をすぐ盗むこと。いい年をしてアパートの子供たちと遊び、自分勝手なルールを作って子供を泣かすこと。自転車の前カゴにベンツのマークをつけて喜んでいること。醬油やソースを貸したら必要以上に減って返ってくること。人の家の電話を何か怪しい仕事の連絡先に使い、長電話をして指でコードをクネクネするから変な形に絡まること、などだ。私はハッタリくんに代わってあやまった。

「本能寺？　どっかで聞いたことあるぞォ……」

公衆電話ボックスから出ると、タイミングよく小鉄がやってきた。先日見たばかりの定たちが乗っていた四トントラックが真横に止まる。

「どう？　ハッタリくんと連絡ついた？」

運転席の窓から顔をつき出し、小鉄がニカリと笑った。

「おう、ついた。こっち向いて走ってる頃や」

私はトラックの荷台を手でたたいた。本当はこのトラック、きのうの早朝には小鉄の手に入っていた。トラックを定の父親の倉庫から盗んだ時、荷台には定の子分たちとは違い、定の父の仕事上の商品が大量に積まれていた。

新品の毛布である。小鉄はそれを自分のネットワークを使い、少し離れた場所にある某宗教団体の支部に売った。

「いやァ、助かるわァ。うっとこは信者さんがようけ来るからな、泊まっていく人も多いねん。ええ毛布やんかコレ。え？　半額でエエの？　よっしゃ！　全部買うた！」

大変よろこんでもらえたそうだ。宗教団体を相手にしたら、警察にもバレにくい。

「水切りマットも欲しい言うてたから、今度イサミちゃんの倉庫も叩いてこますか?」

「そやの。あの人も最近、油断しまくってるもんの。楽勝やど」

さっそく計画を練っていたら、遠くで「おーい」と声がした。古いママチャリが近づいてきた。白い前カゴの真ン中に、メッキのベンツマークが輝いていた。ハッタリくんだ。

ハッタリくんはママチャリを公衆電話ボックスの横に止め、ていねいに鍵をしめると、

「ほな、行こけ」

と、少し顔をこわばらせて言った。

「どこに行くんよ、ハッタリくん」

小鉄がトラックから降り、タバコに火をつけ言った。聞いて当然のことだ。私たちは何も知らない。

「え?　カオルの家やんけ」

「なにしに?」

「家にある財宝を盗みに」

「え――!!」

このオッサン、何を言い出すのかと思ったら、カオルちゃんの家に行き、カオルちゃんが集めた宝の山を、カオルちゃんに黙って持ち出すと言うのだ。小鉄がくわえていたタバコをポロリと落としかけたが、突然クチビルが乾くような大胆な発言をされたものだから、タバコが下唇にひ

つついたままプラプラしてた。

「熱《あ》ちちち！　アホかおっさん！　自分が何を言うてるか、わかってんかい！」

その夕バコをツバと一緒に吹っ飛ばし、小鉄は叫んだ。たしかに悪魔の所業である。全身に生肉を巻いてオスのライオンに近づき、タテガミを刈ってメスライオンみたいにしてこようと言っているようなものだ。もしくは黒ずくめの衣装を着て、スズメバチの巣でくす玉をつくろうとチャレンジするのと一緒だ。

「へ？　そやけどカオル死んでるやんけ」

ハッタリくんは小鉄の飛ばしたタバコを拾い、プカリと吸いながら答えた。

「もう生まれ変わってるわい！」

「は？　おまえ何言うとんの？」

「カオルちゃんの声を！　イサミちゃんが聞いたのん教えたったやろ！」

小鉄は力説するのであるが、ハッタリくんは擦《す》れたＯＬのように指の先っちょでタバコをはさみ、煙を口の右端からスイーッと吐いて笑うだけである。ただの聞き間違い、幻聴だと言う。

「イサミのアホはカオルにシバかれすぎたからな、カラスの鳴き声でも『くわあー、ペッ』て聞こえんねん。オバケのテレビ番組を観たらやで、風呂に入って頭を洗《あ》ろてたら、誰かがうしろに立ってるような気になるやろ？　え？　ならん？　おまえってデリカシーの欠片《かけら》もないんやの。なに？　デリカシーておいしいんかやと？　もうエエわ、情けない」

ハッタリくんは欧米人のように肩をすくめて首をふり、小鉄は「なんか言うてくれ」と私を振り返った。

「ええやん、やろや」

私はキッパリと言った。たしかにイサミちゃんしか声を聞いてはいないし、目撃談はどこからも出てはいない。だいいち自分の葬式をなんのためにあげるというのだ。

「香典集めやろ……」

小鉄が言った。なるほど、カオルちゃんならやりそうな事だが、あの人はそこまで金に執着はしないだろう。イサミちゃんなら毎週でもする。

「やろや小鉄。のりかけた船や。なんとかなるって」

「チュンバはいつもそれや。なんとかなる言うて定ら三十人とケンカするし。えらいトバッチリやで」

小鉄はタメ息をつくが、どこか楽しそうでもある。

「なんとかなるて小鉄」

「そやな。なんとかなるよな、いつも」

小鉄がトラックに乗り込む。私とハッタリくんも飛び乗った。トラックはスルリと走り出した。

カオルちゃんの家に行くのは生まれて初めてだった。どこに住んでいるのかは謎で、諸説あった。○町説に△○団地説、あそこの線路沿い、あの川の上流付近、国道横のビルの屋上のペントハウスなどなどだ。

「その陸橋の交差点を右や。ほんでチョロッと行ったとこで止めて……ＯＫ！　現住所はここや」

ハッタリくんが指さす場所に小鉄はトラックを止めた。真横にせまい路地があり、左右に古い民家が並ぶ。各家が路地に植木や自転車、洗たく物の物干し台を出しているため、よけいにせまくなっていた。

「あいつの住むとこは、いつもこんな感じや。絶対に前がせまいか階段がせまいか通路がせまいねん」

一度に大勢の人間が攻めてこられない為らしい。なるほどこの路地も人が一人か二人がやっと通れる広さになっている。そして三人以上が並んだ場合、植木や物干し台、自転車に当たって大きな音がするか、進めない造りになっていた。夜中でも安心だ。

「しかもこの道は、あれが通る」

ハッタリくんが通りをアゴでさした。ちょうど自動車教習所の路上教習の車がノコノコと走っていた。カオルちゃんは岸和田競輪場に行く時、よくこの路上教習の車を止めることで有名である。教習所は競輪場の少し先に位置するため、路上教習の車は必ず、百パーセント競輪場の前を通る。これは便利だとカオルちゃんは思ったのであろう。和歌山競輪場に行く時は駅まで行くのが面倒だと、踏み切りで電車を止め、

「乗せんかいコラ、おうコラおう」

と言う人だ。路上教習の車なんか平気で止めるだろう。しかも無料だ。

「乗せんかいコラ、奥に詰めんかいコラ、おうコラおう！」

「止めんかいコラ、正門の前やんけコラ、早よ止めいコラ！　おうコラおうおう！」

これだけで到着である。南海電車の沿線では岸和田区間だけが早く高架化されたのはカオルちゃんが原因だとささやかれているが、教習所の路上教習のルートも近いうちに変更されるらしい。

「そしてもうひとつ！」

ハッタリくんが叫んだ。今度はまた、せまい路地に目をこらし、ジッと奥のほうに首を伸ばす。

「カオルのおるとこには、必ずアレもおる！」

路地の左側の一番奥に、大きな犬小屋が見えていた。

「あれが有名な……」

「キバくんけ？……」

私と小鉄の喉がゴクンと大きな音をさせて上下に動いた。「キバ」とはカオルちゃんが飼っている犬の名前だ。小犬の頃は「チャッピー」と呼ばれていたが、成長するに伴い、可愛い名前と行《おこな》いとのギャップがあまりにも大きすぎると、いつしかキバと呼ばれるようになった。出世魚ではなく出世犬である。

雑種だろうと言われてはいるが、犬とは別の生物とのハーフという説もある。とにかくすぐに咬みつく。何でも咬みつく。あまりにも咬みつきすぎたので、最近では顎がズレているらしい。それでも咬みつく。咬みつかないのはカオルちゃんだけである。カオルちゃんに咬みついたら、反対に咬み返され、殴り殺されるからだ。それ以外は咬みつく。咬んだらすぐにワニのように身を回転させるので、肉がちぎれて大変である。

「なァ……ハッタリくん。キバくんてチワワを餌にしてるてホンマ?」

私も路地の奥を見ながら聞いてみた。

「アホか、そんなん噂だけや……」

ハッタリくんが生ツバを飲み込み言った。ホッとしかけたが、ハッタリくんの言葉はつづく、

「キバの餌はウサギて聞いたぞ、たしか」

「えー!!」

「たまに亀も食うらしいわ……」

「カメェー!!」

「甲羅のとこがコリコリしてて、それはそれで歯ァがよろこぶんやて」

「そんなん誰に聞いたんよ!」

「本人? 本犬にや……」

ハッタリくんがそっと服を脱ぎ、ズボンの裾をめくった。あっちこっち深手の傷だらけである。

すべてキバにやられたものらしい。

「……ま、なんとか……なるって」

私が言うと「そ、そうかなァ……」と小鉄が血の気の引いた青い顔でつぶやいていた。

地球の腹の虫が鳴いたのかと思った。

――ぐぅらルルルルルゥウ……。

キバの唸り声だった。飼い主以外、誰にもなつかないゾ、といった眼光が、私たち三人に突き刺さっていた。

「ハ、ハッタリくん……、キ、キバ、毛布を食べてますけど……」

「……うん、たしかに……」

キバが少し湿った毛布をニチャニチャと咬み咬みしていた。カオルちゃんが亡くなり、エサをくれる人がいないのであろう。毛布が半分くらいに減っていた。

「こいつ、そのうち自分のシッポ食うぞ」

「うん、すぐに新しいのんが生えてきそうやけどの」

犬小屋は大きく、木と鉄の棒で出来ている。大きくてしっかりとした鍵がかかり、犬小屋というより留置場っぽかった。私たち三人は腰を曲げ、そ――とキバの前を通過した。途中、私が「ワン！　ワン！」と犬の鳴き声をマネしたら、ハッタリくんが「うひゃあー」と情けなくその場にしゃがむのがおもしろかった。

「こ、ここや……」

犬小屋の横に家の玄関があった。ごく普通の平屋で、引戸の上に「村山」と書かれた玄関灯があり、消し忘れたのだろう、灯りがついたままになっていた。

「ごめんくださーい……。ドロボウですゥウうううー!!」

小鉄が戸を開けた。もっとラララと軽快に開くと思っていたが、かなり重いようだ。私も手伝い、途中からハッタリくんも手を貸してくれた。重い重い。これなら鍵なんかいらない。一人二人で開けられる戸ではない。

「おい……この戸のガラス、防弾ガラスちゃうか?」

開けて気付いたのだが、戸の厚みが十センチはあった。柱のような木を使い、間にぶ厚い防弾ガラスが嵌め込まれている。敷居なんか鉄道の枕木クラスである。こんな戸をカオルちゃんは毎日片手で開け閉めしていたのである。あっちこっちの戸やドアが、カオルちゃんが開けるだけで吹っ飛ぶはずだ。

「お、お、おじゃましまんにゃわ……」

私たちはゆっくりと部屋の中に入って行った。薄暗いままだ。電灯のスイッチらしきものに私が手を伸ばしたが、

「アカンて。パチンてスイッチ入れたとたん、上から吊り天井が落ちてきたらどないすんねん……」

と、小鉄が言うのでやめといた。ありうる造りである。畳だっていつクルリと回転して深い落とし穴になるかも知れない。

「おい、窓、見てみ……。鉄板打ちつけてるぞ」

また小鉄が言った。窓はすべて、機動隊の警備車みたいに鉄板に細長い穴が開いたものにかえられていた。その穴から陽が差し込み、室内のホコリがキラキラと輝いていた。美しいが恐い。両手をたたいたら天井裏から忍者くらい、シュタッと飛び下りてきそうだ。

「えーと、このスイッチは大丈夫なハズ……」

ハッタリくんが言うと部屋に灯りがついた。手慣れた雰囲気だった。目の前が明るくなる。足元を見ると私と小鉄は土足のままで、ハッタリくんだけ靴をぬいで先のやぶれた靴下姿だった。

「行儀が悪い！」と叱られたが無視をした。

「……おい、海ガメの剝製あるで」

八畳ほどの部屋の隅に海ガメとマングースの剝製があった。海ガメなんか小鉄より大きい。そして大量の日本刀や長ドスが、なぜかネクタイで束ねて置いてある。どれどれと一本の日本刀を抜いて蛍光灯のヒモを切ってみたら、見事にストンと畳の上に落ちた。本物である。

「小鉄くん、長いのんはジャマやから、短いほうの刀を二本、いただきましょう」

「オーライ、ラジャー」

私が言うと、さっそく小鉄は短刀を二本抜き取り、入れもの用の袋を探した。ちょうどいい大きさの黒い革のバッグがあったので手に取った。少し重い。ゆっくりとバッグを開けた。

「あのォ……コレは？」

中身を小鉄にも見せてやった。黒光りした飛び道具と、小さなパイナップルみたいな、栓を引っこぬいて投げたら破裂する鉄の塊が入っていた。

「うん。今日からオレら二人は最強の中学生やな」

小鉄はうなずき、短刀をバッグの中に入れ、そのままチャックをしめた。

「ヤクザと抗争できるな、これで」

それを一度玄関口のところへ置き、部屋に戻ると、ハッタリくんはさらに奥の部屋まで進んでいた。私と小鉄も後を追い、ハッタリくんの横に並び、あんぐりと口を開けた。

「オマエらを誘《さそ》たワケは、これやねん」

ハッタリくんが指をさした。少しだけ震える指の先には金庫が大量に並んでいた。金庫金庫金庫。大小さまざまな金庫。大金庫中金庫小金庫。金庫屋さんが開業できそうな数の金庫。手提げもあるでヨ、の金庫の山。部屋中に金庫が置かれ、床がたわんでいる。

「これ全部、開けれる?」

ニンマリとハッタリくんが小鉄に聞いた。

「オフコース!」

ニヤリと小鉄が笑った。開けるであろう、小鉄なら。警官に捕まり、パトカーの右側後部席に乗せられても、開かずの右側ドアを平気で解除して外に出る男である。本署の取り調べ室で手錠をかけられ、片方は右手首、もう片方は左足首にかけられ押し倒されると、

「痛いやんけ! なにさらすんじゃい!」と起き上がった時には手錠が外され、それどころか刑事が背広のポケットに入れていた黄金糖のアメちゃんを素早く抜き取り、さらにその黄金糖は紅茶味の貴重品だったという伝説を持つ男である。

「お時間はちょい、いただきますよ」

小鉄が職人のように言うと、ハッタリくんが大きくうなずいた。よし運ぼうか。

「台車持ってくるわ。きのうのうちに用意して、家の横に置いたァるねん」

ハッタリくんが家の中でスキップをしながら言った。用意周到である。しかも金庫のことも良く知っている。私はハッタリくんの背中に疑問をぶつけてみた。

「おう、これで四回目やもーん。今回こそバッチリや」

返事はすぐに返ってきた。嫌な予感と共に。

「よ、四回目……？」

「うん。一回目は途中でカオルが帰って来て沈没。キバの小屋に放り込まれて全治二ケ月」

「……二回目は？」

「二回目はえーと、途中でカオルが戻ってきてアウト。キバの小屋に放り込まれて全治四ケ月」

「……聞きたないけど三回目は？」

「三回目は半年ほど前かな。カオルが突然帰宅しやがってオシマイ。キバの小屋に放り込まれて全治六ケ月」

「三回とも一緒やんけ！　退院してすぐかい！」

「びみょーに違うやんけ！」

ヤバイなァーと思った、その時だった。家の外でゴジラが鳴いた。いや違う。キバの声だ。

「くわあー、ペッ!!」

そしてゴジラより恐い声がした。私は自分の喉から飛び出した心臓を手でつかみ、元の位置に戻した。

「小鉄！　逃げるど!!」

言って横を見たらもう居なかった。裏口のほうで鉄を蹴る音がしていた。どうやら裏の戸は鉄製らしい。

「ほなハッタリくん！　お先に！」

私も裏口へと走りかけたが、ハッタリくんが服の裾をシッカリとつかみ、イヤンイヤンと涙目で首を振っていた。

――カシャン!!

犬小屋が開き、キバらしき足音がした。必死で玄関の戸を前足のツメで掻いている。

――ガチャン!!

裏口が開く音がして、小鉄らしき足音が遠ざかっていく。

――ダーン!!

「くわあー、ペッ!!　この汚い靴はダレのんじゃいコラ!!　おうコラおう!!」

玄関が開く音と、カオルちゃんの声が同時にした。キバが走り込んでくる。

「この人のんです！」

私はつかまれていた服を脱ぎ、ハッタリくんの急所を思い切り蹴り上げ走った。背中でキバが何かを咬む「ゴリッ」という音と、そのまま回転する音がした。

ハッタリくんの断末魔の声が響いていた。

私が大きなアクビをひとつすると、伝染したかのように小鉄もアゴの骨がはずれそうなアクビをした。涙がチョチョ切れ、私たちは路地の奥を見ていた。

あの「占いの館」がリニューアルオープンしていた。まずは入口のドアが自動ドアになり、出窓にかかっていたレースのカーテンがベッチンになり、真っぷたつに割れていた水晶の玉が元通りになって一回り大きくなっていた。看板も「占い☑」とだけ書かれた小さな木製だったハズなのに、「姓名判断」「四柱推命」「水晶」「手相」「家相」「ホクロ占い」「カード占い」「雨乞い」などと、ありとあらゆる占いが書かれたどでかい看板に替わっていた。

「ごっついのォ、安モンの風邪薬みたいに、なんでもこい！　っちゅう感じやど」

「どれか当たったやつを〇《マル》で囲んでくれ言われんちゃうけ」

館は繁盛をしているようで、若い女の人たちが外まで並び、館の前に置かれた丸椅子に座って順番を待っていた。

「そのうち、バチ当たるって」

小鉄が言った。町では悪い噂がひろまっている。どうやら占いの館のリニューアル資金は、カオルちゃんのニセの葬儀で集まった香典の一部が流れている、という噂だ。それを大いに信じているのはイサミちゃんで、

「そやろな、とは思てたねん。よっしゃ！　この水切りマット持って行って様子みてこいや」

と、一時間ほど前に言っていた。毎月のレンタル料は他の倍。

「イヤや言うたら、バラすど葬式のこと！　て言え。その時の顔色が白か青やったらすぐ電話してこいよ。赤やったら倍の値ェや。変化ナシの場合は通常価格でもよろしい」

とも言っていた。もちろん私も小鉄も、ガキではあるがガキの使いではない。もし顔色が大きく変化をしても、「変化ナシ」とイサミちゃんにはウソの報告をし、通常レンタルとしといて差額は私たちがいただくつもりだ。

「しっかし、カオルちゃんやっぱり生きてたのォ」

小鉄が水切りマットをさすり、言った。

「目撃情報、多数アリや」

私は占いの館の手前にある小悪魔ミーちゃんの店を見て言った。戸が少しだけ開き、中で人の気配がしていた。

あの日、私も小鉄もたしかにカオルちゃんの声を聞いた。ニセ者ではなく絶対に本物のカオルちゃんの声だった。たしかにたまにカオルちゃんのニセ者は現れる。

「ワイが村山カオルじゃ、ぐぉうらアー。くわーペッ。おうこらオウ！」

などと言うらしいが、すぐにバレる。ネコの声とトラのうなり声は別物である。

「くわあー、ペッ!!」

本物はタンでガラスを割り、

「おうコラ、おう！」

にらまれるだけで顔から煙が出て、目をまともに合わすと失明の恐れアリである。本物の声は私たちには判る。体が勝手に進化してカオル探知ソナーが体内に出来ている。

あの後、定たちも見たようだ。私や小鉄は声だけだが、定たちは動くカオルちゃんを見たうえ、殴られて顔がピンポン玉みたいにへっこんだらしい。

ある日道を歩いていたら、数日前に盗まれた自分家《ち》の四トントラックが国道を走っていたという。

「くぉうるぁー！　待たんかい!!」

定が走った。定が走ると子分たちも走る。幸はうすいが人望は厚い。みんなで追いかけた。するとトラックは競輪場の真ン前に止まった。ドン!!　とドアが開く。

「こらあー！　このトラック……‥ゥ」

降りてきた岩みたいな人物の肩に定は手をかけた。かけてしまった。

「くわあー、ペッ!!」

「あ……カオルちゃ……」

顔にタンをかけられる。ジュジュジューと定の顔面でタンが熱いフライパンの中のバターのように踊る。

「おうコラおう！」

裏拳一発、定は吹っ飛び、国道を突っ切って、歩道の押しボタン式信号機の柱にめり込んだらしい。メロディが哀しく流れていたという。子分たちは慌ててトラックを洗車し、まだ返してもらってはいない。

「ここ何日間はバクチ場とかにも現れてるんやて……」

「小守《こもり》さんとこやろ」

その話も伝わっている。小守さんという老舗の博徒の常盆《じょうぼん》に、毎晩カオルちゃんが現れるという。

「もう参るわカオルだきゃあ。金を持たんとバクチ打ちに来るんやもん。きのうなんか金の代わりに靴ベラを張るんやど、クツベラ。うちの盆の玄関に置いてた、うちの靴ベラ」

らしい。冗談はよしこチャンと言っても聞く相手ではない。靴ベラを張り、勝ったらお金をもらい、負けたら靴ベラだけを「持ってけドロボウ！　おうコラ、おう」と差し出す。

「ドロボウはオマエやろ！　カオル!!」

言っても知らん顔だ。カオル？　誰？　カオルはもう死にましたよーだ、と知らん顔をする。

「靴ベラを隠しといたら、隣に座ってるオッサンのタバコを張るらしいな」

「うん、負けたらタバコを放り投げて、勝ったら『このタバコは十万じゃあ！　おうコラ！』とか言うて、恐いわ」

「しっかし、なんでやろカオルちゃん……」

「うん、どないなってんねん」

カオルちゃんという人は、もともとお金にはそれほど執着のなかった人である。金なんかより暴力の人。暴力団ではなく暴力人。暴れるだけのわかりやすい人だったハズである。

「うーん……」

私と小鉄は小さく唸っていた。すると占いの館の手前、ミーちゃんのお好み焼きの店の戸がラララと軽く開き、中から包帯をぐるぐる巻きにしたミイラ男が出て来た。手には水の入った小さなバケツを持っている。

「あの人の場合は、ものごっついお金に執着してるんやけど、いつも失敗続きや……」

「小学校の時、七夕のタンザクに『道くさの途中で百万円拾いますように』て書いて先生にどつかれたらしいで……」

ハッタリくんである。包帯だらけで店の外に水を撒《ま》き、路地に止めてある自転車までキレイに並べたりしている。

「キバに全身百四十ケ所、咬まれたらしいで」

「キバはあの人のこと、人間と思わんと古いスリッパかなんかと思てんちゃうか」

「そのうち穴掘って、埋められるやろな」

全身ズタズタだったらしい。病院に担ぎ込まれた時、何かを喋ろうとすると喉に開いた穴からピューピュー空気がもれ、聞きとれなかったと言われる。

「喉の穴を指で押さえたり外したりして、ソプラノ笛みたいにドレミファソラシドって、やったんやて」

「懲りてないっちゅうこっちゃ」

そのまま入院かと思われたが、自ら退院を表明し、ミーちゃんの店を手伝い始めた。

「なんかあるで、きっと」

「ハッタリくんて前歯がビーバーみたいにちょっと出てるやろ。アレがな、邪悪なことを考えたりしたら、伸びるらしいわ」

「おう、その話、聞いたことあるわ。夜になったら前歯だけ光ってる時もあるんやてよ」

「くわばらくわばら……」

小鉄と二人で言っていたら、私の足元に火のついたタバコが落ちてきた。ん？ と上を向くと真横の雑居ビルの二階の窓が開き、男が顔をのぞかしていた。先日ここで会った刑事だった。刑事はじっとハッタリくんを見ながら「ハラ減ったのォ……」と間延びした声を出した。

「おい、そこのアホ二人」

そして下を向いてカラになったタバコのパッケージをひねりつぶし、投げつけてきた。小鉄がパンチでそれを撥ね返した。

「どっかで弁当二人分と、ハイライト一個買うて来てくれや」

そして言った。窓の向こうにはもう一人刑事が居るようで、カメラのレンズらしきものが窓から出ていた。レンズの先はミーちゃんの店に向けられ、ちょうど店の中から白いジーパンをはいたミーちゃんが出てくるところだった。

「アホか。めしやったらあの店でお好み焼き食えよ。高《た》っつかいぞー」

小鉄は言いながら、上着の内ポケットから新しいラークを出し、二階の窓へと投げ上げた。刑事がそれをうまくキャッチする。

「ええタバコ吸うてんのォ、中学生。こないだ泉大津の煙草屋を叩いたん、やっぱりオマエらやなァ」

「さァ、知らんなァ」

「まァ、ええわ。他所の署のことやし」

刑事は受け取ったタバコをポケットがいっぱい付いたベストにしまい、身をよじって後ろに何か声をかけた。窓の近くでカメラのシャッター音が連続して聞こえた。お好み焼きの店を見ると、ミーちゃんがハッタリくんに二言三言、声をかけると歩き出し、占いの館の中に入って行った。

「ほんで、そこで何してんよ、カメラなんか持ってよ」

小鉄が少し背伸びをし、二階の窓を見上げて言ったが、刑事は何も答えてはくれなかった。

「なあ、刑事さん」

今度は私が声をかけた。ん？ と刑事が下を向く。

「ジローくんてどんな人やったんよ？ あのミーちゃんちゅう女の人のアニキやったんやろ」

刑事はニヤリと笑い、少し遠い目をする。

「カオルの二人おる親友のうちの一人や。ジローかあ、なつかしい名前やのォ。カオルが泣いたもんな、ジローが死んだ時」

「えー──!!」

驚いてしまった。背のひくい小鉄なんか驚きすぎて背が三センチほど伸びてしまった。大驚きである。カオルちゃんにも親友が二人いて、涙腺があったようだ。

「カオルも無茶苦茶やけど、ジローもえぐかったもんなァ。ゴジラと大魔神が仲ええみたいな感じや」

「キャー!! どっちがゴジラで、どっちが大魔神よ！」

「カオルがゴジラに決まってるやんけ！　くわあー、ペッ!!　て火イ噴くし問答無用で暴れ倒すけど、ジローは変身せんと暴れん」

普段はおとなしいらしい。大魔神のハニワ顔のほうである。ところがあるキッカケで変身し、鬼のような顔になり大暴れしたようだ。

「酒や酒、酒をのんだら一気に変身や。もうアル中でなァ……、朝から酒のんでたわ」

ひどかったらしい。朝、起きるなりまずはビールだ。みんなが牛乳やコーヒーをのむようにビールの大瓶を一本、かるくゴキュゴキュのむ。そして朝食である。

「ワシな……、朝からお茶づけみたいに、めしに日本酒かけてサラサラ食べる奴、生まれて初めて見たがな」

刑事が言った。ある事件で逮捕状をとり、ジローくんの家に早朝踏み込んだ時、ジローくんはモーニングビールの最中だったらしい。

「逃げも隠れもせんわいアホよ！　仕度するから待ったらんかい座らんかい、アホよ！」

そう言って着替えを済ませ、持って行くジャージや下着、歯ブラシなどにペンで名前を書いたそうだ。

「けっこう几帳面？」

「うん、ケンカする時でも上着をガバッと脱ぐけど、キレイに畳んで汚れんとこに置いとく奴や……」

そしておもむろにお櫃からめしをつぎ、日本酒づけをサラサラ三杯食べたという。

「おかずは酒のカスを炙って砂糖つけたやつと分厚い奈良漬や」

しかしそれでもまだ変身する前だという。普段はその後、近所のスーパーに行き、ウイスキーのボトルを一本買う。レジに持っていき、レジ係がレシートを渡した時にはウイスキーをラッパのみし、約半分の量になっている。よく駆けつけ三杯というが、ジローくんの場合は駆けつけ三本が当たり前だ。

「ほんでベロベロになって変身や。変身したら、くわあー、ペッ!! とケンカやコレが」

「カオルちゃんの登場ですか……」

ドッカーン!! と殴られ、吹っ飛ぶらしい。カオルちゃんに殴られると必ず方向感覚がマヒしてしまうので起き上がっても自分がどっちを向いているのか、わからない。

「え! 立ち上がるの? ジローくんて!」

「うそや! カオルちゃんのパンチやで! 平手で池の水面たたくだけで、魚が気絶してみんな浮いてくるんやで! 今までカオルちゃんにどつかれて立ち上がったのん、太陽の塔とイサミちゃんだけやで!」

私と小鉄が同時に言った。そういうパンチなのである。自分の顔よりゲンコツのほうが大きい。浅間山荘事件の時、警視庁機動隊が使った鉄球をご存じだろうか。あのどでかい鉄の球が、ムチの速さで飛んでくる。

一瞬で三途の川の船着き場までワープ出来る。あとは本人の運しだい。ご先祖様や亡くなった友人、むかし飼っていた犬や猫などが対岸で「おいでおいで」をしている。それで喜んで船に乗ってしまうか、それとも「また今度ね」と戻るかどうかで生死が決まる。

そのパンチを受けて立ち上がったというのだ。

「それどころか、殴り返してたでアイツ」

「えー!!」

「ぜんっぜん違う方向やけどな、方向感覚がマヒしてもうてるから。ほんでまた殴られる、倒れる、起き上がる、どつかれる、吹っ飛ぶ、起き上がる……や」

とにかく打たれ強い。いくらやられても起き上がって向かっていく。気絶したら翌日、また狙う。生きてる限り狙う。

「打たれどころが良かったちゅうか、死なんと、ずっとカオルを狙《ね》ろてたなァ。小学校の時からずっっっっとやで」

「しつこ!　うっとし!　イサミちゃんみたい」

「いや、イサミはあそこまで打たれ強よない」

カオルちゃんも大変だっただろう。トイレに入って小のほうをすれば背後からバットで殴りかかってこられる。大のほうをしていたら頭上から熱湯がかけられる。

「いっぺん、昼寝してるカオルを、ジローが包丁で突き刺したこともあったなァ」

その時カオルちゃんはゆっくりと目を開け、「痛た」と一言だけ言って自分で包丁を抜き、ジローくんを一発で気絶させ、また昼寝のつづきをしたという。

「いつの間にか、仲良うなってたわ、あの二人」

なにがキッカケなのかは誰も知らない。私と小鉄も昔は仲が悪く、ケンカばかりしていたのに今はいつも一緒にいる。それと似ているのかも知れない。スケールが違うが。

「ほんで、あの事件や……」

刑事がポツリとつぶやいた。ある夜のことだ。その日も元仲の悪い今は仲良しのカオルちゃんとジローくんはわきあいあいとスナックの中をグチャグチャにして、大暴れでのんでいた。なにしろゴジラと変身後の大魔神である。

「ワレおもろいのォ、おうコラおう！」

などとカオルちゃんが隣に運悪く座った奴の肩をポンとたたくだけで脱臼である。カウンターの端に美人が一人で座ったりすると、「オレのオゴリさ」と、カクテルを手でスーとカウンターの上をすべらせたりしても、腕力がハンパではないためグラスは美人の前で止まらず、店の壁にめり込んだりもする。トイレのドアは「一人はさみしいから」と開けたまま用をたすわ、滝のような小便をしてあふれさすわ、いざお勘定だと店が値段の書かれた小さな紙を渡すと高い！と文句をつける。

「アホか！　ビールとウイスキー、ちょびっとのんだだけで、なんやコレは？　店をつぶしてほしいんかい、ワレをつぶしてほしいんかい、どっちじゃいアホよ!!　ヒック、ヒック！」

ビール二ケースとウイスキーのボトル二本をクイッと軽くあけたジローくんが「ちょびっと」と言って怒り出す。

「ほんまやコラ、おうコラおうおう!!」

驚異の肺活量でタバコ一本を二息で吸い、普通の成人男性の致死量の酒を三十分でのんだカオルちゃんが同意する。

「くわあー、ペッ!!」

「ヒック、ヒック!!」

カオルちゃんの目がギロリと動き、変身したジローくんがシャックリを連発する。店のマスター&ママは白い紙に「都合により休業いたします。店主」と書きかける。一応岸和田には「カオル保険」という、飲食店や酒場などに向けた保険はある。対人、対物は無制限で、壁が崩れて隣の店まで迷惑がかかった場合などの特例も認められている。認められてはいるがやはり死亡保障は使いたくないので、店の人たちは地震の時みたいにテーブルの下にもぐったりオシボリで頭を守ろうとしていた。その時である。

「邪魔するでエー。六人、いけるか?」

と、黒いスーツの男たちが店に入って来た。来なくてもいいのに地元のヤクザたちである。近くで関係者の葬儀でもあったのか、六人全員が同じ服装だった。これが悪かった。

「あ、カオルや……」

「あ、ジローが変身してる……」

気付いた時はすでに遅しである。カオルちゃんのレーザービームのような眼光がすでにヤクザたちにロックオンされている。カオルちゃんは統一されたユニフォーム系の服装が大嫌いである。機動隊に警察官、そして黒ずくめのヤクザたち。群れてる奴を路上で見かけると必ずケンカをふつかけていく。

ジローくんも同じだ。何度もアル中で入院しているので、白衣の集団は自分の自由をうばう連中と思っている。

「ヤバッ！」

と言ってヤクザたちが黒の上着を脱いだのが悪かった。全員白のシャツだらけである。

「ヒック、ヒック！　アホよ!!」

先に動いたのはジローくんだったらしい。

「くわあー、ペッ!!」

そしてもちろんカオルちゃんも動く。この人の場合は動くだけで武器である。全身が日本刀であり、全身がミサイルであり、全身が湧きでるマグマでもある。触れるだけで切れるし痛いし逃げても木端微塵になるし、近くに居るだけでもヤケドする。

「おうコラ！　おうおう!!」

あっという間にカタがつき、二人はヤクザたちの財布で勘定を済まし、「釣りはいらねェよ」などとは絶対に言わずにキッチリお釣りはもらって帰ったそうだ。

「ジローが襲われたんは、ちょうど一週間後や……」

刑事が小鉄にもらったタバコに火をつけ、言った。煙が二階の窓から青空に消える。

その日ジローくんは駅前のパチンコ屋に居たそうだ。台の横にワンカップの酒を置き、ちびちびのみながらチビチビ遊んでいた。このへんジローくんはエライ。きちんとパチンコ台の前に座り、玉を打っている。カオルちゃんもパチンコ屋によく顔を出すが、台は打たない。端から順番に歩いてまわり、勝ってる奴の玉を回収するのみである。まるで養鶏場のオッサンみたいに産んだタマゴだけを集めてまわる。

ジローくん、酒の空きビンは溜まるが玉はまったく溜まらない状態にあったらしい。イライラとし、また酒が止まらない。

「いよォ、調子悪そうやのォ、いつも」

ポンポンとジローくんの肩がたたかれる。この間のヤクザたちだ。

「ほっとけや！　誰じゃい！　アホよ!!」

振り返った瞬間、バールで頭をカチ割られた。椅子から転げ落ちたジローくんを、十人以上の男たちが蹴り上げる。そして外へとひきずり出され、パチンコ屋の駐車場で情け容赦のないリンチに遭わされた。

「ギッタンギッタンや。アバラの骨は折れまくってるわ、右目は眼窩底骨折の眼球破裂で失明やわ、血の小便が止まらんかったわな」

やられてもやられても、立ち上がって向かっていったのが傷をより一層深くした。生きているのが不思議なくらいだった。

「カオルちゃんは？　カオルちゃんもやられたん！」

聞いた。ジローくんが仕返しをされたのなら、当然カオルちゃんにも相手の手は伸びるハズだ。

「倍くらいの数で行って全員沈没！　全員入院！　カオル楽勝！」

「よっしゃあ!!」

思わず私も小鉄もガッツポーズをしてしまう。いつもエライ目に遭ってはいるが、他の奴らにカオルちゃんは倒されてはいけないのである。やるのはオレ！　と心の中で決めている。みんなそう思っている。

「同じパチンコ屋の通路で、ヤクザがカオルの肩をポンポンとたたいたそうや……」

するとと振り向きざまにヤクザが二人、ポンポンと吹っ飛んだ。殴り飛ばしてから「何や？　おうコラ」と、やっと会話が始まる人だ。

「ゴルゴ13みたいやなァ……」

「アホか、デュークさんはタバコをくゆらしながらも話を聞いてくれるがな。オレの後ろに立つなとか注意もしてくれるし」

カオルちゃんの場合はそんなに気が長くない。誰？　と聞いて一秒以内に返事をしないと怒り出す。よくテレビや映画で「十かぞえる間に答えろ」とピストルを頭に突きつけたりしているが、カオルちゃんの場合は「〇《れい》コンマ一かぞえる間に答えんかい」か、もしくはズドンと撃ってから「十かぞえる間に……あれ？　あ、順番逆か？　スマン！」である。気が短すぎる。

「ここ、ここコラァ、カオル……」

「くわあー、ペッ!!」

ダルマ落としのように次から次へと飛んでいった。カオルちゃんの大勝利である。

「そんなもん、カオルをゆわすんやったら、信太山《しのだやま》の自衛隊のニーちゃんら全員つれて行かな勝てんて。オレは一人でも勝てるけどな」

突然聞いたことのある声が耳の横でした。

「うわっ！　ハッタリくん！」

いつの間にかハッタリくんが真横に立っていた。全身包帯だらけで手にバケツを持ったままだった。

「こんにちはハッタリくん、こないだはどうも。ご愁傷様ァ」

「オマエらだけ逃げやがってからに。もう！」

こら、と私の腕をツネるハッタリくんだが、自分の指のほうが痛いらしく少し顔をゆがめた。

「コラ！　服部ィ！　ワレなんの目的であの女の店にもぐり込んでんやあ！　こっちの捜査のジャマすな、アホ！」

刑事が二階から火のついたタバコを投げ、ハッタリくんが右手でそれをビシッと払いのけようとしたが空振りし、顔の包帯に当たって火の粉が飛んだ。

「フンッ……そんなことよりな……」

そして声を落とし、私と小鉄を指で呼びよせた。

「あのな、あのお好み焼きの店の二階にな、大きな籐《とう》で編んだカゴがあるねん……」

懲りない人である。また何か企んでいる。

「その中にはなんと!!　シーッ！」

自分で大声を出し、自分で肩をすくめたハッタリくんは、さらに声を落とす。

「香典袋が山盛りや。カオルのニセ葬式の金！」

「ほほう」

私と小鉄がハッタリくんに見えないよう、アイコンタクトを取る。充分ありうる話である。ハッタリくんがどういう手を使って小悪魔ミーちゃんに近づいたかは知らないが、あれだけキバに咬まれたのに入院もろくにせずに出て来て、お好み焼き店で働いている理由がわかる。

「……誰にも言うなよ」

「……言うワケないやん」

「手伝いする？」

「もちろん。その前にハッタリくん、ジローくんてヤクザにやられて、ガタガタで入院したてホンマ？」

話を変えるため、聞いてみた。

「おうホンマや。パチンコ屋の一件やろ。見舞いに行ったがなオレ」

手の包帯をプラプラさせながらハッタリくんは当時のことを教えてくれた。ハッタリくんがジローくんの病室にコッソリ見舞いに行ったのは入院十日後のことらしい。

「コッソリ？」

「うん、昼寝してそうな時間帯にな」

ジローくんが入院したとなれば見舞い客は多いハズだ。ジローくんに好かれるイコール、カオルちゃんにも覚えめでたき方向に行くかも知れないと、色々な奴がやって来るだろう。その連中が一段落するのが十日か。

「お見舞いの封筒もいっぱいあるハズやろ。枕の下とかベッドの下とか棚の奥の手提げの中に……」

「あんた恥ずかしないか」

この人はその頃から同じことをくり返しているようだ。石の上にも三年ではなく、棚の下にも十年、ずっと口を開けて待っている。そして待ち切れずに棚に手を伸ばし、指先は当たるものの手は届いてはいない。

「そーと病室のドア開けたらアイツ、何してたと思う?」

「酒をのんでた!」

「おしい! いくらなんでも酒はのめんて。看護婦さんが急に入ってくるし」

だから酒をこっそり、点滴のチューブの中に入れていたそうである。そこまでいくと大したものだ。けっきょく半年以上入院し、出て来た時は糖尿と肝臓病を患っていた。

「さあ、そこからや。ジローの恐いとこは」

退院した次の日から、自分をやったヤクザたち十人を、一人ずつ順番に狙い、自分と同じ目に遭わせていった。けっきょくそのヤクザたちの組は、ジローくんによって解散するハメになる。

「そらそやろ、五日に一回は組の事務所に放火するわ、組長の娘の成人式の日に、その娘の顔をカミソリでハスるわ、もう無茶苦茶や。カオルのほうがまだマシやで」

当然、警察も動くこととなり、ジローくんの行方を追うが居所はつかめなかった。そしてその日がやってくる。

「山の中で死んでたねんアイツ……」

林道を少し入ったところで、大の字になって死んでいた。死後数ヶ月たっていた。借金による自殺、酒ののみすぎ、ヤクザの仕返し、いろいろ言われたが原因は不明。

「あれは自殺や。病気でニッチもサッチもいかんようになったうえに、ヤクザの追い込み、プラス金遣いの荒い妹が借金こしらえて……」

刑事がタメ息まじりに言った。目は占いの館に向けられている。中からミーちゃんと占いババアが出て来て、客のことなど放ったらかしで立ち話を始めた。

「その妹はカオルが原因やと、カオルに言うたみたいやで。カオルはカオルで、よう助けんかったから、今でもジローのことをくやんでるから、ダマしやすいわなア……」

「アレとアレは、最初《ハナ》からグルや」

今度はハッタリくんがアゴを動かし、館の前の二人をさした。死んだ兄を持ち出し、カオルちゃんに近づく。古い占いの館をカオルちゃんに半壊状態にさせ、保険金を受け取る。そしてリフォームする。また兄の名を出し、カオルちゃんを後ろ盾にしてお好み焼きの店を軌道にのせ、さらに金が欲しいからと、ついにカオルちゃんを死んだことにしてしまう。

「今でもな、ジローの月命日になったら、カオルは大好きやった酒と大きな鯛を持ってジローの墓に行ってるくらいや……」

ポツリとハッタリくんが言った。

「それを利用しくさって！　神様がバチを当てんようならオレが当てたる。その悪銭はみんなオレが奪い取って、世の中の不幸な人……、オレのことやけど、オレに渡したる！　よっしゃ！　ＯＫ！」

「いや、なにがよっしゃで、なにがＯＫかわからんけど。なァ、ハッタリくん、そのジローくんの墓て、ひょっとして流木？」

「おう、流木の道ぞいから見えるで」

やはりそうだ。イサミちゃんがカオルちゃんの叫び声を聞いた場所だ。ひょっとしてカオルちゃんは墓の前で一人、泣いていたのかも知れない。

「あ、それはないわ。もう涙の在庫は残ってないハズや」

刑事が笑って言った。カオルちゃんの涙腺は本人の性格上、かなり退化しているのと、涙の出口の弁が長年使用しない為、サビつき動かない。使い切りタイプの涙はすでにジローくんが亡くなった時で売り切れ、在庫もない。プレミアム涙である。

「そう！　絶対にない！　なんせジローが死んだ時、葬式出したんはカオルやけど、その香典ネコババして、中古の家を買うたんもカオルや！」

ハッタリくんも言う。ならば今回の小悪魔ミーちゃんの計画は、そのネコババの仕返しにもとれるではないか。

「仕返しも入ってるやろなァ。ただ違う点がひとつある」

刑事の目がミーちゃんから離れ、商店街の方向を見る。今まで歩いていた通行人が、小走りになっていた。

「なによ？　違う点て？」

「え……うん、カオルがなにをやっても被害届は出されんけど、ジローの妹と占いババアには被害届が出てるっちゅうことや、あちこちから……。ほな本日はここまで……」

それだけを言うと、刑事は二階の窓をピシャリと閉めてしまった。商店街から昼間だというのにシャッターが閉まる音が聞こえる。

「それとジローの妹はツメが甘いわな。カオルを利用したつもりやろけど、それでバレた時の恐さを、なーんもわかってない」

ハッタリくんが言いつつ、背後の雑居ビルと古いスナックの間の隙間に身を隠した。もちろん私も小鉄も一緒に隙間に入る。

「くわあー、ペッ!! おうコラ、おう!!」

ビシッ！ と路地が音をたてて引き締まった。太陽は慌てて雲の中に隠れ、ポツポツと雨が降り出す。カオルちゃんである。やっぱり生きてやがったのカオルちゃんだ。カオルちゃんは私たちが隠れる隙間の前で立ち止まり、ギンッ！ と一瞬にらんだが、サンドイッチのパンの隙間にはさまれたレタスを見るような目をし（関係ナシ！ 散れ！）と言わんばかりに、また歩きはじめた。

ギンッ！ ギンッ!!

次に、にらんだのはミーちゃんと占いババアである。ピピ、ピー!! とロックオンした音が聞こえる。

「ふふふ……。怒ってる怒ってる。匿名希望でカオルちゃんに電話してチンコロ《告発》したってん」

ハッタリくんが言うのと、ミーちゃんがカオルちゃんに駆け寄るのが同時だった。

「ちょっとカオルくん！　出て来たらアカンやんか！」

「おうコラ！」

バコーン!!　という音と共に、ミーちゃんの姿が消えた。そして占いの館の出窓が木端微塵に吹っ飛び、館の中で何かが内壁にめり込む音がした。占いに来た客たちの悲鳴がした。

「くわあー、ペッ!!」

次はキミだよ、とカオルちゃんはズン！　と一歩、占いババアに近づく。ババアはプルンプルンと首を左右に振り、踵を返して館の中に逃げ込んだ。それを追い、カオルちゃんが館の中に入って行った。館全体が揺れ、バッティングセンターの球を人間に替えたら、きっとこんな音がするんだろうなァーと思える音が響く。

「今のうちに行こけ」

私が言うと、小鉄が黙ってうなずいた。私たちは狭い隙間から出て、お好み焼き店の二階を見つめた。

「ちょう待ってくれや、よいしょ」

最後に出て来たハッタリくんの手を小鉄が引っ張ってやり、反動をつけて私の前に出した。

「おいしい情報、ありがとう」

鼻のてっぺんを思い切り殴り、急所を蹴り上げた。うめき声をあげ、ひざをついたところを小鉄が横からアゴを蹴る。

「行くど」

「おう」

私たちは足早にお好み焼き店の戸を開け、中に入った。少し暗かったが店の奥の階段から二階に上がった。小さな格子窓があり、思ったより明るかった。店で使う物なのだろう、ビニールに入った割り箸の大きな包みや、紙ナプキン、コテの予備やら皿が入ったダンボール箱が置かれ、休憩用の座椅子とローテーブル、ラジカセが畳の上に見えた。そのローテーブルの向こうに大きな籐のカゴがあった。

「アレやな」

「ソレやで」

そっと中をのぞくとハッタリくんの言ったとおり、ニセ葬式で集まった香典袋と、その中身が入っているのだろう小さなポーチが入っていた。小鉄がポーチを手に取り、チャックをあける。顔が金色に輝いた。

「うん♡」

「うむ♡」

二人でうなずき、ニヤリと笑い合った。

——ミシッ！　ミシッ、ミシッ！　ミシミシッ。

誰かが、重みのある誰かが、返り血の匂いのする誰かが階段を上る音がした。私と小鉄は窓を見た。格子窓である。

「くわあー、ペッ‼」

ギンッ！　とするどい眼光が、私と小鉄の顔面をジリジリと焼いていた。

古かったジローくんの墓がカオルちゃんによって新しく建て替えられたと聞いたのは、顔の腫《は》れがひいて血の小便が止まってから少ししてからだった。

第二章・カオルvs.イサミ　岸和田頂上作戦

ウィンドウガラスに顔をへばりつけ、私と小鉄は店の中をのぞきこんでいた。

「あのCPOのジャケット、カッコエエと思わへん?」

店の名前は「ロン・イレブン」という。岸和田でアイビーファッションといえばこの店で、ここに来ないと「VAN」の服は買えなかった。まだVANといえば不良が着るもので、優等生のお坊っちゃまが着て、街がVANやらJUNだらけになる少し前のことだ。

「それよりよォ、一級上の杉山て知ってるけチュンバ。春木とちごて、うちの学校の三年」

「知らん!　杉山いうたらサンダー杉山しかオレは知らん!」

「そいつがな、ここでエンブレム買《こ》うてよォ、親父のスリーエムの背広の胸につけてんてよ。どう思う」

「アカンやろそれ!　背広はアカンど。エンブレムはブレザーとかジャケットのやな、胸がパッチポケットになってるやつやないと!　くろすとしゆきさんにシバかれるど」

言っていた。言いながら一分に一回は手の平で坊主頭の前髪をガシガシと円を描くように擦った。こうすると摩擦で短い毛が絡み合い、坊主でも前髪だけがピンと立つのである。キューティクルもへったくれもなかった。まだ「リンス」というものが世に出たばかりで、女たちもリンスを洗面器のお湯に溶いて使っていた時代である。

「で、杉山は誰にカツアゲされたてよ」

私はウィンドウガラスに映った自分の前髪に一人うなずき言った。手には「VAN」の文字が入った紙袋を持っていた。

「ちゃうちゃう、カツされたんは杉山とちごてやな、同級生のヨーヤンとミツルやねん」

小鉄も同じ紙袋を持ち、店の前を離れた。商店街の道幅は狭く、前から数人が横並びで歩いて来たら、必ずメンチの切り合い&肩がぶつかったぶつからないでケンカが起こる。

そういう場所に店があった。

昔の不良はみなオシャレである。そしてその手の情報もいち早く入手できる。しかし店はロン・イレブン一軒だけ。各中学校、各高校の不良どもがここに集まってくるのだ。バルキーセーターを一着買うだけで命ガケである。

「ほんで? そいつら何をカツされてん?」

「えーと、ヨーヤンはオイルドセーターと、おつりの二千円。ミツルはショールカラーのセーターと、お大尽の二万円や」

「なんや、銭だけちごて、セーターもかい。そんなんカツアゲちごて追い剝ぎやんけ」

それを取り返してほしいと小鉄が頼まれたのは二日前らしい。うまく取り返すと「取り半」ルールで半額が私たちのフトコロに転がり込む約束だ。

「この辺の奴やったら岸城中学の奴らか?」

「いや、ヤマジやヒコッちゃんに聞いたけど、ウチとちゃう言うてた。岸城の奴らもやられてるらしいわ。どうも高校生らしいで。毎日来てるみたいや」

「ふーん」

路地を曲がると小さな空地があった。空地の横には細い道があり、そこを通ると国道に抜けられる。空地の端っこに男が三人、しゃがみ込んでいた。私と小鉄を見つけると、三人ともゆっくりと立ち上がる。

「おったやんけー。アレらかな?」

「アレらやろ。ヒゲ伸ばしてるやん」

「その前に長髪のほうを言えよ。うらやましいくらい伸ばしてんど」

小声で話しながら近づいていくと、ありがたいことに先方から声をかけてくれた。

「はいストップー。おそれいります、検問中ですゥ」

ニヤニヤとうすら笑いでヒゲ男爵くんが私の前に立ち塞がった。首に赤いラインが二本入った白のハイネックを着たボウリングのピンみたいな奴が真横に並ぶ。もう一人は背がえらく低く、類は友を呼ぶのだろう小鉄の肩になれなれしく腕を置いた。肩の高さがまったく同じで見ていて安心感がある。三人とも私たちの紙袋を目の端で見ていた。

「今日は買い物か? ボクら」

ヒゲ男爵が私の紙袋を指さし、言った。

「ハイ! おばあちゃんに頼まれて、鎌倉彫りの道具を少々」

私が言うと、横に立つボウリングのピンが「なめとんかい!! コラァア!!」と一歩前に出たがヒゲ男爵が手で止めた。イキリ立つ役と止める役。相手をオドしながら話を進めるノウハウの教本の一ページ目に載ってそうな奴らである。しかし残念ながらこちとら警察の少年課で慣れている。「ホンマのこと言うたら、オマエだけは見逃しちゃる」という甘い言葉とセットで使用される場合が多い。

「ええから、ちょう中、見せてみぃ！」

また横からピンが言った。もちろんNOと答える。

「なにがノーじゃコラ!!　早よ見せぃ！　シバくどワレこら!!」

ピンがヒゲ男爵の手をふりほどき、私の胸ぐらをつかみ、引っ張った。

「あのー、ボクのこのニット、ライカのやつやから高いんですよォ、おたくのそのニチイの二階で売ってるようなニットとちごて。やめてくれません？」

私が言うとヒゲ男爵がひきつった笑顔でピンの手をつかみ、胸から外してくれた。

「えらいヨユーやのオ、ニーサン。こっちが笑ろてるうちに中身、見せたほうがトクやで」

言ってヒゲ男爵は自分の右手のコブシにハアァーと息を吹きかけた。

「そんなに見たい？」

「うん、見たいなァ。どんな服が入ってるかなァ？　チカラずくで見てもエエんやで」

「ほなどうぞ、ハイ」

見せてやった。中には太い彫刻刀が一本入っているだけだ。それを出してやった。ヒゲ男爵とピンが顔を見合わせる。

「そやから鎌倉彫りの道具やて……言うたやろがい！」

握りしめ、目の前のヒゲ男爵の頬に、彫刻刀を思い切り突き刺してやった。歯ぐきに刺さったのだろう、鈍い反応を感じた。ヒゲ男爵は慌てて顔をねじったが、よけいに頬の肉がめくれ上がった。抜くと血が噴き出た。

「こらピン！　ボーと見てんとかかって来んかい、ボケよ！」

今度はピンの横っ面を五回ほど連続で突きまくった。彫刻刀が血でネバネバしてきたので捨て、後は殴り、蹴り上げた。

「あ、ボクのんも一応、見ます？」

小鉄も袋を開け、中からカナヅチを出してチビッコの頭をカチ割ろうとしたが、私の袋を見たすぐ後だったので警戒していたのだろう、寸前でうまくかわされてしまった。

「あ！　よけるなチビッコ！」

「うるさいチビ！　チビがチビッコ言うな！」

「アホか！　チビッコのほうがチビより小さいねん！」

二人は聞いてて哀しくなる言い争いをしていたが、チビッコは隙をついて商店街へと走って逃げ出した。

「待てコラ、チビ！」

私が言うと小鉄が怒って振り返った。ややこしい。

「くわあー、ペッ!!」

その時である。商店街から声がした。シャッターが次々と閉まり、誤作動で街灯がもう点《つ》いてしまった。カオルちゃんのお出ましである。私と小鉄の体はその場でピタリと止まった。体内のセンサーが働くのである。ダルマさんが・こ・ろ・ん・だ！　ではなく、カオルちゃんが・来・た・よ！　である。

「どけ！　オッサン！」

チビッコはこの辺の生まれではなかったらしく、センサーが働かない。逃げるのに夢中で、よりによって戦艦大和の主砲の穴の中に入り込んでしまった。後は撃たれるだけである。

「おうコラ！　おう‼」

「イギッ！」

カオルちゃんの真正面に向かって行ったのは目の端で見えていたが、イギッ！　の後は完全に視界から消えた。音もしなくなった。小さくバキッという音が少し離れた場所から聞こえたように思うので、足でマリのように蹴られて、どこかの民家の屋根まで飛んだのかも知れない。

「くわあー、ペッ！」

声が近づき、真横へとやって来た。吐いたタンが小鉄の靴にかかり、ジュウウーと煙を出して溶けそうだった。

「おう、コラ、おう」

ジイイーと私と小鉄を見ているのがわかった。頭から順番に足のツマ先まで。まるで高熱を発する移動式ＭＲＩの中に入ったようである。

「フンッ！　素手でようせんのかい、おうコラ」

　そして言った。たしかにその通りだがカオルちゃんよ考えてくれ。相手はヒゲの生えた高校生が三名、こっちはついこの間まで小学校に通っていた中学生二名である。道具のひとつやふたつ、持ってもいいだろう……と言いたいけど、カオルちゃんへの口答え＆反論は「死」を意味するので黙っておいた。心の中でだけ思った。

「おうコラ！　おう！」

　しかしカオルちゃんは人の心の中が読めるらしく、突然頭を一発ぶん殴られた。これが痛い。人のパンチは速いか重いか強いかどれかだが、カオルちゃんのは速くて重くて強くて、そして何より痛いのだ。何度もカオルちゃんに挑み、互角の戦い（本人談）をくり広げているイサミちゃんに言わせると、

「アイツの本気のパンチ？　そらもう兵器とか軍事の言葉しかあてはまらんで。こっぱみじんて言葉知ってるか？　漢字は知らんけど。そんな感じやな。見えんからかわしようがないやろ。突然ダンプに撥ねられたみたいな衝撃がきて吹っ飛んで、気ィ失うねん。そのかわりごっつい痛いから、失神しながらみんなもがいて苦しそうやな。オレなんか三途の川のほとりでジタバタしてたもんのォ。大きな声では言えんけど……、月のクレーターてな、カオルにどつかれて吹っ飛んだ奴らが、ぶち当たった跡らしいで……」

　と、じつに大人気ないことをよく言っている。とにかく速くて重くて強くて痛い。私と小鉄は頭を手で押さえ、ぐわあああーとその場にうずくまってしまった。足の小指をタンスの角にぶつ

けた痛さの百倍、開いたままの頭上の戸棚の戸の角に頭を思い切りぶつけた時の千倍の痛さが頭のてっぺんにくる。

「くわあー、ペッ!」

そのカオルちゃんが去ろうとしたのに、ジャマをする奴がいた。ヒゲ男爵とボウリングのピンである。空地の横の小道の前で、通せんぼをしていた。チビッコを行方不明にしたからだろう、にらみつけている。

「おうコラ♡」

カオルちゃんが少し笑った。笑顔でも不動明王クラスだから知らない奴らは怒ってるように見える。

「コラおっさん、なめとんかい。オマエはくわーペッとおうコラしか知らんのかい」

二人は言ってはいけないことを口走った。岸和田人ならそんなこと、口が裂けても言わないし、もし言ったとしても通りがかりの親切な人が「二度と言うたらアカンよ、自殺の時用に取っとき」と針と糸で口をぬってくれる。しかしここには親切な人がいない。しかもカオルちゃんはうれしそうである。

「小鉄……、見えてるか?」

「お、おう……、まだチカチカと星が天の川くらい飛んでるけどの」

私と小鉄はそっとカオルちゃんを見ていた。

「……カオルちゃんの着てる服、アレてひょっとしてカーディガンちゃうけ?」

そう見えた。白いシャツの上から濃紺のカーディガンを軽く羽織っているのだ。病院勤めの若きナースたちが、お昼休みに小さなポーチ片手に外出する時と同じコーディネイトの濃紺カーディ・オン・ホワイトである。向こうは爽やかでカワイイが、カオルちゃんはぜんぜんカワイくはない。むしろ不気味である。

「う、うん……、カーディガンにローファーやで。いつものヤーコレはどないしたんやろ」

小鉄が目をこすって言った。カオルちゃんのいつもの服装はヤーサン・コレクション、略して「ヤーコレ」である。ヤーコレも年によって流行が変わり、ヤーコレ一九七四やら色々とあり、ピアスポーツにドルチエ、ディマジオなどのブランドが台頭しつつあった。カオルちゃんはディマジオ、イサミちゃんはピアスポーツをよく着ていて、ハッタリくんは若者ぶって私たちと同じ、ＶＡＮかＪＵＮであった。顔が少し尿路結石で苦しんでいるようなスティーブ・マックイーンに似ているものだから、映画「大脱走」のマネをしてＶＡＮのトレーナーを自分で七分袖に切り、わざわざ裏返して着ていた。そういうのも流行っていた。

「あのウワサ」

「ホンマやな」

カオルちゃんを見ながら私と小鉄がハモッた。一年に一回はやると言われる「カオルの逆擬態」と呼ばれるものだ。よく弱い動物や昆虫などが、自分を危険なものに見せかけるよう、強い獣と同じ色に体を変えたり、どこか一部をそっくりにしたりするが、カオルちゃんの場合はその逆である。自分を危険な人物に見えないよう、猛毒をもっていると思わせないよう、弱い人間と錯覚させるよう、真面目な見た目で街をうろちょろウロチョロするのである。迷惑な話である。ヤクザは笑っていいのかどうしたものか戸惑い、警察は無視しといていいのかどうか悩む。

「アレでヤーサンの事務所の前とか派出所の前で、じーと立ってるらしいで……。イチャモンつけて欲しそうな顔して」

「強すぎてケンカ相手おらへんもんのォ……。あ！　ポケットから眼鏡出して掛けたぞ！　チュンバ、見てみぃ！」

見るとカオルちゃんが黒縁の眼鏡を取り出し、それを鼻の上にちょこんとのせていた。

「オッサン！　なにしたいねん！　なめてたら足腰立たんようにして、安モンの屏風みたいにパタパタ畳んでまうど、オラァ！」

まだ顔面から血が出ているというのに、ボウリングのピンがイキリ立ってカオルちゃんが喜びそうなことを叫んだ。それをヒゲ男爵が手で止め、

「オッサン、こいつ怒ったら何するかわからんで」

と、決まり事のセリフを言う。

「やめとけ！　その人なんか別に怒らんでも、何するかわからんど！」

小鉄が叫んだが声は届かない。ヒゲ男爵もピンも（オマエラニハ負ケタガ、コンナ真面目クサッタ服装ノオッサンニハ負ケナイ）と、目で私たちを制していた。見上げた心意気ではある。

（いや、ちゃうねん勝ち負けと……。勝負とちごて生死を考えれって……）

言おうとしたが、カオルちゃんがこっちを向いた。ギンッ！　とレーザービームが私の目を射

抜く。麻酔なしで眼科のレーザー治療を受ける痛さと熱さだ。せっかく網にかかった獲物にキミは何を言うんだ。天誅！　とレーザービームが私と小鉄を黙らせた。

「こらオッサン、どっち向いとんねん」

「銭を置いていくか、命を置いていくか、どっちやコラッ!!」

ぐいっとヒゲ男爵とピンが前に出、カオルちゃんの顔面に自分たちの顔を背伸びして近づけた。そして一瞬にして固まった……。

「あ……」

最後の言葉だった。ヒゲ男爵かピンか、どっちから洩れた言葉なのかはわからない。二人はカン違いをしていたことを今やっと気付いたようだ。服装がおとなしいからと誤解をしていた。白いフワフワの毛に黒い柄が愛くるしい、タレ目のパンダの本当の目はドシンとすわったツリ目だ。もしくは白熊くんだ。遠目で見たらクリッとした目で少し猫背。フサフサの毛がやさしそうだったので近づいてみた……。オットセイを殴り殺して食う獣が自分の目の前に立っていた。

「おうコラ！　おう!!」

先に動いたのはカオルちゃんだった。当たり前だ。カオルちゃんに文句を言いつつ顔を突き出すなんて、山で熊と出くわし、死んだマネをせずにハチミツを頭に塗って寝ワザにもちこむような暴挙である。

——ヒン!!　——ヒッ!!

見えなかった。気がついたらヒゲ男爵とピンが白目をむいて横たわっていた。ピンなんか舌が口の外にベロリと出ていた。その横っ面をカオルちゃんがドンッ！　と踏みつけた。舌の先が自分の歯で切れて地面におちる。

「くわあー、ペッ‼」

なに事もなかったかのように、カオルちゃんは首を二回コキコキと鳴らし、背を向けた。そして空地の奥の道に入って行く。

「うわ！　カオルや！　眼鏡かけてる！」

道の奥で誰かの声がし、ゴキッ！　という鈍い音がした。

「どないする？　アレ」

小鉄がヒゲ男爵とピンを指さし言った。二人ともピクリとも動かない。

「どないするて言うてものォ……」

あの二人を今から起こし、立たせ、カツアゲをした金とセーターの代金を出さんかい払わんかい！　とは言いにくい。面倒くさい。

「あんな、ええバイトがあるらしいねん」

小鉄が歩き出し、言った。空地の中を通り、ヒゲ男爵とピンの横に立ち、こっちを向いて両手で大きく丸をつくる。二人とも息があるようだ。

「なんや、またイサミちゃんか？」

「うん。かなりオイシイ話や言うてたど」

「オイシイんやったら、乗ってみろけ」

私が近づくと、小鉄は倒れた二人のズボンや上着のポケットに手を突っ込んでいた。

「なんや、結局薬局取るんかい」

「当たり前やんけ。人助けや」

私たちも空地の奥の道へと歩き出し、カオルちゃんの後を追った。見ているだけで楽しそうなことをやってくれる人が少し先を歩いていた。


春木駅前が人であふれ返っていた。

ちょうど競輪がハネた《終わった》ばかりなのだろう、競輪場の裏口から駅へと続く広いオケラ道は、肩を落としたオッサンの集団が灰色の流れとなってうねっていた。

「なんやワレ！　乗車拒否するつもりかい、アホンダラ！　奈良まで行け言うとんじゃ！」

コール天のハンチングに同じくコール天のジャンパーを着たオッサンが、駅前のタクシー乗り場で大声を出していた。

「あのなオッチャン……、行ってもエエけど、ここから奈良まで走ったら、かるーく二万は掛かるんやで。ナンボ勝ったんか知らんけど払えるんか?」

その大声にタクシー運転手が耳を押さえて答えると、コール天は「ニ、ニマンエン……」とつぶやき、そっと人ゴミの中へと消えた。

その真横に私と小鉄は立っていた。

駅前の派出所の前には警官が一人立ち、私たちをにらんではいるが何も言わない。中学校でも

「競輪場へ無闇に近付いたり出入りする事を禁ズル」などと口をすっぱくして言ってはいるが、学校も競輪場も駅もすぐ近所である。私たちが普段からタムロするボウリング場も喫茶店も、すべてが競輪場の周りに点在している。

「さあ！　今日の特別奉仕品はコレや！　超高級腕時計！　ナンバの高島屋に置いてるのと一緒やでえ！　言うとくけど高島屋にオマエらみたいな奴が行ったかて売ってくれへんけど、うちは貧乏人とヨゴレの味方や、売ったるがな分けたるがな、しかも安《や》すぅにしたるでえ！」

タクシー乗り場の反対側、オケラ道の終点に一軒の露店が出ていた。ダミ声の店主が金属製のベルトが付いた腕時計を自分の腕に嵌めたり外したりしながらタンカを切っている。俗に言う「競輪時計」という手巻き時計だ。たしかに高級っぽく見えるし店ではシッカリ動いているが、買って改札をぬけ、電車に乗り、家路につく。そして玄関の戸を開けた頃にはもう止まっているという品物である。思い切り巻いても三十分くらいで止まる。また巻く。止まる。また巻く。バネが切れる。そういう腕時計である。安いし買う奴は多少なりとも競輪で勝った奴らなので文句は言わない。

腕時計の他にはスケベなカセットテープも置いている。まだビデオテープもＤＶＤも存在しない時代である。車の中で聴く音楽も、ラジオか8トラカセットという頃で、8トラカセットなんて下駄くらいの大きさで、収納が大変である。そんな時代のカセットテープである。最先端である。しかも音楽ではなく（モーテル盗聴・禁断の間男）などというアハンうふんの声が収録されている。目で見ない分、妄想がふくらむ。玄人であるスケベである。

そのカセットテープの横にはコッソリと高級ブランド品が並ぶ。少量ではあるがヴィトンやエルメス、グッチのバッグに財布が置かれていた。

「小鉄……、アレ見て、アレ。長靴やど。折り返したらビトンの柄になってるぞ」

黒いゴム長が置いてあり、片方の上の部分だけを折り返し、裏地が見えるようにしてあった。裏地がルイ・ヴィトンである。

「ごっついのォ……。あんなんどこで作ってんやろ？　買う奴……あ！　さっきのコール天のオッサン買うたぞ！」

タクシーに乗らなかった分、なにか散財したいのだろう、コール天のオッサンがゴム長を購入し、ついでにスケベなカセットテープも手に取っていた。ダミ声の店主がお金を受け取り、お釣りを渡そうとすると、コール天は首を振って「取っとけや」と言った。すると店の裏から男が一人ぬっと出て来て、

「大将、えらい垢抜けしてますなァ。ほなコレ持って帰って、若いオネーチャンにでもプレゼントしたってや。オマケや」

と、小指を一本立て、ケースに入ったネックレスを渡した。コール天はえらく喜び、また人の群れへと消えた。男も傷だらけの顔をほころばし手を振っていたが、私と小鉄に気づくとその手をこっちに向けて「よお！　来たんかい」と言った。イサミちゃんである。この店のオーナーである。イサミちゃんはウンウンとうなずくと店をダミ声のオッサンにまかせ、私たちに近づいて来た。

イサミちゃんと私たちはタクシー乗り場の端にあるベンチに腰かけた。タクシーが駅にいない時、客が座って待つために置かれたベンチである。タクシーは三台止まり、ベンチには競輪帰りのオッサン四名が座って本日の反省会をしていたが、イサミちゃんが「どけコラ！　くすぼり！」と足で蹴るとオッサンたちはスゴスゴと立ち去った。

「なあイサミちゃん……あのミイラ男はなにをしてんの？」

最初はアルバイトの内容を聞こうと思ったのだが、私は客待ち中のタクシーを見て質問を変えた。三台止まっているタクシーの窓ガラスすべてを、包帯でグルグル巻きになった男が拭いていた。ズボンのベルトに大きめの霧吹きをぶら下げ、右手にゴム製の水切り、左手は乾いたタオルを持っている。まずは腰の霧吹きで窓ガラスをびしょびしょに濡らし、右手のゴムで水を切り、左手のタオルできれいに拭きとる。なかなか手早い。

「あれって、ハッタリくんやよな……」

小鉄が聞くとイサミちゃんは「うん。ウチでバイト中」とうなずいた。

「今日はここやけど明日は岸和田の駅前や。あさっては貝塚《かいづか》？　羽衣《はごろも》やったかな？」

そして言った。各駅前で客待ちをしているタクシーの窓ガラスを、無理矢理拭いているらしい。

料金は前後左右で千円ポッキリだ。

「無理矢理？」

「うん、無理矢理。うんもスンもなし！」

イサミちゃんは軽く言った。ちょうどハッタリくんが一台のタクシーの窓ガラスをすべて拭き終わり、運ちゃんから千円札を一枚受け取ると「毎度ありィー」と頭を下げ、次のタクシーに移ろうとしていた。腰から霧吹きを抜き取り、そのタクシーの窓ガラスに近づく。

「イヤ……もう、さっきも拭いてもうたし。今日はもうエエわ……」

運転席から顔を出し、運ちゃんはゆるく首を振った。その時である。ハッタリくんが「かー、ペッ！」とタンを吐き「よォコラ、よォ！」と運ちゃんをにらみつけた。

「なにアレ？」

「カオルのものマネ」

らしい。ぜんぜん迫力に欠けるし少し違うような気もするが、それでも運ちゃんは黙り込み、渋々首を縦に振るのだった。

「一応、カオルの了承は取ったァるからな。ライセンス契約っちゅうやつや」

すごい人である。「かー、ペッ！」「よォコラ、よォ！」で、このミイラ男の後ろにはあの男がついてますよ、逆らうのですか？　明日から客待ちをするこの場所が無くなるかも知れませんよ、車も壊れるし、あなたの命にもかかわりますよと、カオルちゃんの名をちらつかせて商売をする。

「そのうちバスのターミナルまで手を伸ばしたろ思てんねん。窓だらけやから一台五千円か？　三千円にしといたろか？」

イサミちゃんは夕焼けを見上げ、一人で大きくうなずいた。額に汗して真面目に働く気はサラサラないようだ。

「ひょっとしてイサミちゃん、オレらのバイトて……バスの窓拭き?」

まいったナァと思いつつ、バスの窓ガラスの枚数を思い出しながら聞いてみたが、答えはＮＯだった。

「ちゃうちゃう、窓拭きはもうエキスパートがおるしな」

イサミちゃんがハッタリくんを指さし言った時だった。駅の踏み切りの向こうから、一台の四トントラックが一方通行を無視して逆走してきた。

「お、来た来た。あいつ時間だけはキッチリしてんねんな」

「くわあー、ペッ!!」

本物のカオルちゃんだった。ハデにクラクションを鳴らすとバスも車も道の端に寄った。

——カランカランカラン、カ……。

降りかけていた遮断機も途中で止まる。定から盗んだままのトラックが駅前広場にものすごいスピードで入って来た。

「おうコラ、おう!!」

ボーンと逃げ遅れたハッタリくんを撥ね飛ばし、トラックはやっと止まるとカオルちゃんが降り立った。ギン! ギン! とカオルちゃんがにらむとすべての景色が変わる。派出所の前に立っていた警官が「……コホン」と咳払いをひとつし、中へと入って行った。

「よオ、カオルぅ、こっちやあ!」

どうやらカオルちゃんを呼んだのはイサミちゃんらしい。カオルちゃんは「ふん!」と鼻を鳴らし、こちらに向かって歩く。私と小鉄はベンチから立ち上がり、ハッタリくんは石コロみたいにカオルちゃんに踏んづけられて「グエッ」と声を出した。

「……なァ、イサミちゃん。こんな時に聞くのも何やけど、カオルちゃんの二人おる親友のことなんやけど」

そっと小鉄が聞いた。たしかカオルちゃんには二人の親友がいて、一人はすでに亡くなったジローくんで、もう一人いるはずだ。その人はまだ生きているのだろうか。

「生きてるよ。ヨコチンいうてなァ。生意気な奴や。オレ、あいつ大嫌いやねん、正義の味方すぎて。あいつもオレのこと嫌いやろけどな」

名前は横田政夫《よこたまさお》。横田だからヨコチンなのかなと思ったが、イサミちゃんは頑《かたく》なに否定する。

「小学校の時、いつも短いブカブカの半ズボン穿いててな、体育座りしたら横からチンチンがポロンとハミ出てん、三回に一回くらい。ほんでヨコチンや。間違いないど！　オレがつけたあだ名やもん」

いい大人がなにをムキになっているんだと思うが仕方がない。そのヨコチンに小学校四年の頃、羽交締めをされてイサミちゃんは泣いたらしい。らしいというのは本人はまったく覚えてないからだ。

「あのガキ……、それをすぐに持ち出しやがってからに！　オレがケンカで負けたんはカオルのアホだけやっちゅうとんねん！」

だから嫌いらしい。きっとヨコチンの言ってることが本当だと思う。今は岸和田の隣の隣の泉佐野《いずみさの》で小さな電器店を営んでいる。

「しょーもない電器屋や。使えんようになった電化製品を安すゥに引き取って、キレイに修理して、また安すゥに売りやがんねんど、あのアホ。人のビジネスの邪魔しくさって！　あのボケさえ、おれへんかったら！　ん……？　おらへんかったら？　ん？　店がつぶれさえしたら？　ん？　ん？」

突然イサミちゃんの目が邪悪にビカビカ輝き出した。ヤバイ。何かを企んだ時に必ずやる目である。イサミちゃんは故買商のロクさんと組んで、盗んできた品物を何もせずに高く売りつけるという、ひどい商売もやっている。きっとヨコチンが目ざわりなのだろう。少しニヤーリと微笑んだ。

「イサミちゃん！　いま変なこと考えてるやろ！」

「いいや、ぜんぜん……。ふふふ」

「くわあー、ペッ!!」

カオルちゃんが横に来ていた。私と小鉄の頭を一発ずつ叩き、ドスン！　とベンチに腰をおろした。ギン！　と派出所をにらむと、中からカーテンが引かれた。

「カオルごくろーさん。今年もたのむで。去年の二人な、いま別荘に入ってて出て来んのん、上の祭りが終わってからやねんな」

イサミちゃんが言うと、カオルちゃんは軽くうなずき、右手の指を二本立てた。イサミちゃんが「ちっ」と小さく舌打ちをし、指の間にタバコをはさむ。私と小鉄の間から突然包帯グルグルの手が出てきて、そのタバコに火をつけた。いつの間にかハッタリくんが輪の中に入ってきていた。カオルちゃんはタバコをん――――！　ん――――！　と、二息で吸い終え「で？」と、すごい勢いで煙を吐きイサミちゃんを見る。

「うん、それで今年のパートナーは、この二人や。あんじょう教えたってくれ」

イサミちゃんはそう言って一人で拍手をした。何をするのかは知らないが、私と小鉄の今回のアルバイトはカオルちゃんと一緒らしい。

「え――!!」

「イヤやあ――!!」

「おうコラ！　おうおう!!」

ゴイン！　ゴイン！　とまた叩かれた。叩かれるたびに脳が揺れ、背骨がちぢむ。そのうちへルニアになるかも知れない。

「ほな頼んだどカオル」

「おう、まかせとかんかい。おうコラ」

不安気な私たちをカオルちゃんがギリリとにらんだ。どうやら笑っているようだが、仁王様が画鋲を素足で踏みつけ、悶えているかの表情である。

(よオ、ハッタリ……、ちょっと話あるんや)

イサミちゃんがまた邪悪な笑みを浮かべ、ハッタリくんの肩を抱きかかえていた。

イサミちゃんのアルバイトである。

いちおう私たちは中学生なのでアルバイトは禁止されている。ましてやイサミちゃんが持って来るアルバイトである、学校の生活指導の先生が内容を知ったら腰を抜かすだろう。よからぬ仕事ばかりである。

一番最初のバイトは、たしか中学に入学して一週間くらいしてからだった。

「ここにな、グレーの三階建てのビルがあるわ。一階が駐車場になってるてな、ロールスロイスが止まってるから、黙って乗って来い」

そう言って地図を渡された。けっこうくわしく描かれた地図で、三叉路の角が赤ペンで丸く囲まれていた。

「パクッて来いっちゅうこと?」

私が聞くとイサミちゃんは買ってきたタコ焼きをほおばり、うなずいた。

「そういうこっちゃ。運転できる? ロールスロイス」

今度は聞かれた。私もうなずいた。運転には自信があった。小学生の頃から父が博奕のカタに取ってきたブルーバードやスカイラインに乗ったり、親戚の仕事用の小型ダンプの運転もちょくちょくしていた。

「一人、三万渡すけど、やってみる?」

イサミちゃんが言った。私と小鉄はもちろんうなずいた。中学一年のガキが一晩で三万円もの金を入手できるのだ。その後イサミちゃんは私と小鉄にまず一万ずつくれ、後はロールス・ロイスと交換と言って、熱々のタコ焼きの中に自分の舌を突っ込んだ。当然熱い。ヒー!! と叫び、体を花火のようにジタバタさせた。なんでそんなことをするのかと聞いたら、

「回ってる扇風機の羽根の中に指とか突っ込みたなるやろ? ヘリコプターの真下に立って、羽根めがけてジャンプしてみたいやろ? アレと一緒やんけ」

と、舌を出したまま言ったりしてた。長くはつき合いたくない人だなと思ったが、ずっとつき合っている。

私と小鉄はその夜、さっそく地図の場所へ行った。グレーの三階建てのビルがあり、駐車場には美しい白のロールス・ロイスがあった。ビルの入口のドアは鉄製で、監視カメラが四台もこれ見よがしに付いていて、小鉄より大きなタヌキの置物がデン! と立っていた。

「ヤーサンの事務所やんけ!!」

「先に一万円くれるハズや!!」

文句を言っても始まらない。このままビビッて帰ったらイサミちゃんは「先払いした十万、返してや」と言いつつ、タコ焼きの時みたいに熱々の石焼き芋を半分に割り、湯気を見つめつつ「ふぅふぅせんと一気に食べてみ」と言うだろう。

シャッターは開いている。やるしかない。行こけ、と歩き出す私を小鉄が手で止めた。

「まあ待てや。あの駐車場を向いてるカメラの線を、まずは切ってみるわ」

そして一人で壁ぞいを歩いたり、地面に這いつくばって匍匐《ほふく》前進をしたりしてビルに近づき、五分後にもどって来た。そしてタバコ二本に火をつけ、一本を私にくれた。

「ちょい休憩や」

小鉄が言ってすぐ、鉄のドアが開き、紺色の戦闘服を着た大人が三人ゾロゾロと出て来て、駐車場を向いたカメラの真下に立ち、何やら話し込んでいた。一人が事務所に一度もどり、木刀を手に出てくるとカメラをコンコンと叩いたりもしている。

やがて三人とも首をひねると事務所の中に入っていった。ＯＫサインを小鉄がした。

「今から業者に電話しても来るのは明日の朝イチや。今からあの駐車場は盲点でーす」

小鉄が笑った。恐るべき十三歳である。こいつが敵でなくて本当に良かったと思った。さらにすごいのは、そっと駐車場に近づき、イサミちゃんが地図と一緒にくれたスペアキーを差し込み、私がロールス・ロイスのエンジンをかけた時だった。

「こんなキー、どこでどう手に入れるんやろのォ、小鉄」

「うん。それよりチュンバ、ジブン免許もってる?」

助手席で小鉄が言った。キミは何を言い出すのだねと思った。私も十三歳だ。免許証なんて欲しくても国がくれない。ナポレオンが「余の辞書には不可能の文字はない」と言ったそうだが、ほたらオッサン日本に生まれて十三歳で普通免許を手に入れてみい、と言いたい。

「いや、あるねん、免許証。年齢のとこ十八歳になってるから、そのつもりでな」

横を見ると小鉄が免許証を指でプラプラさせていた。受け取った。どこから見ても本物にしか見えない免許証である。

「どないしたん……コレ?」

「つくった」

だ、そうである。私の写真も入り、普通と原付の所に線も入っている。ただ住所と生年月日と名前だけが違った。

「検問でもあったらよ、一応それ見せてくれや。写真違うけどホンマにおる奴の名前やから、照会されてもバツは出れへんわ。まあ、地元のポリコは顔を知ってるから即バレるけどの」

強そうな歯を見せて小鉄は笑った。

「ふーん、小鉄、おまえすごいな」

感心しながら車を動かそうとした。さすがロールス・ロイス、エンジン音は静かだし、車体もタイヤもミシリとも音をたてない。盗むのにもってこいの車である。

ただひとつ、気になることがあった。

「小鉄、このチョッポリなんや」

私は自分の足元をのぞき込み、聞いた。足元にはアクセルとブレーキのでかいペダルがあり、さらにもうひとつ、小さくて丸い乳首みたいな出っ張りが床から出ていた。

「知らんわ。踏んでみ」

「うん」

踏んだ。突然クラクションが鳴り響いた。さすが英国王室やレディス&ジェントルマンがお乗りあそばす車である。ハンドルにクラクションの輪っかを取り付けて、毛むくじゃらの手でぶっ叩くようなことはさせない。背筋をピンと伸ばして白い手袋をした運転手が、見えない足の裏で踏むように作ってある。

――パ――――ッ!!

感心している場合ではない。こちとら紳士でも淑女でもなく、三万円目当てのガキである。静かな夜の暴力団事務所でのクラクションは困る。

「ひゃあー!!　行くど、小鉄!」

「行っけー!!　出て来た出て来た!　逃げーい!!」

最初のアルバイトは失敗し、ヤクザの恐さと痛さとイサミちゃんのひどさを知った。

しかしいまだにイサミちゃんとの関係は続いている。腐れ縁と言うのだろうか。最初の頃は注意をしてくれた学校の先生たちも、最近では黙認である。

「ナカバ!　そんなややこしいアルバイトなんかして!　何が欲しいねん!」

「何が欲しいて先生、親が制服を買うてくれん、学校に渡す金もない言うてんのに、ほたら誰が金を払うねん?　自分自身しかないやんけ。先生オレの代わりに払《は》ろてくれるんけ?」

「ま……ほどほどに……な。人だけは殺すなよ!」

そんな会話でおしまいである。親が買ってくれたのは中学入学の時のサイズ間違いのピッチピチ詰襟学生服だけである。学校に支払う各種費用も、体操服もサッカー部で使うパンツやソックス、スパイク代なども、全部自分で何とかしなくてはいけなかった。母には一応、目をキラキラさせて訴えたことがあるにはあるが、

「お金？　体が大きなって今の制服入らへん？　靴も欲しい？　ない！　ないもんはない！　原因はアレ！」

　と、白黒テレビの前で横になる父を指さしていた。私は父が働いている姿を見たことがない。幼稚園の頃なんか先生に父の職業を聞かれて「ケイリン！」と元気良く答えたそうだ。それを聞いた父は怒り、

「職業が競輪て何やソレは。アホか。今度からはキチンと渡世人て言えよ。競輪は職業とちごてオヤツみたいなもんや」

　と、胸を張っていた。そんな父の寝転ぶ姿を見て、私はそれ以上は言えず、自立心を湧き上がらせたのである。だから学生服もすべて自分で買った。「金ちゅうもんは汚なく稼いでもエエ、そのかわりキレイに使え」という、ろくでもない父の教えを守り、学生服は毎年誂えた。一点物、オートクチュールである。先生に文句なんて言わせない。

　小鉄も私と同じ環境下で育っている。

　小学生の頃の遠足で彼の持って来たオヤツは、板がついたままのカマボコ一枚である。

「こら、古谷《ふるたに》ィ！　先生言うたやろ！　オヤツは二百円までのもんを持って来いと！」

「そんなん言うたかって先生、家で食べれるもん言うたら、コレしかなかったんやもん」

「そ、そうか……。それは弁当もかねてるわけか……」

　小鉄が恥ずかしそうに教えてくれた。本当は二百円あったらしい。押し入れのスミや、引き出しの奥、母親の手提げの底の小銭と自分で貯めていた小銭を足したら二百円になったらしいが、

妹が学校の家庭科の授業で使う教材が買えないと泣いていたので、全部渡したようだ。

イサミちゃんからのアルバイト要請は、私と小鉄にとっての生活ホットラインでもあった。


そのアルバイトである。カオルちゃんのお手伝いである。バイト内容を教えてもらったのは、九月の祭りが終わってからのことだ。

今年もカオルちゃんは祭りで大暴れをした。機動隊と大阪府警と岸和田警察の混成部隊を相手に、たった一人で立ち向かい、三十分以上の戦いの末に両手両足に手錠をかけられて連行された。警察側は死者〇、重傷者八名、逮捕時に嚙みつかれた者四名、くわあー、ペッ!! とタンをかけられた者二十名、折れた刺股《さすまた》十六本、発砲一発となっている。


「オレ見たんやけどな、機動隊の奴らガス弾五発くらい至近距離から撃ってたぞ」

「最後はアレやろ、動物園からトラが逃げた時なんかに使う、強烈な麻酔銃やろ。パシュン! いうてからすぐ、カオル寝たもんな」

「おう、オレもそれ見たど。電信柱のカゲから撃った奴おって、カオルそいつ目がけて走ったんやけど、途中で倒れてグーグーや。アメリカのマンガやったらZZZZや」

「その後、長ーい棒でツンツン突ついてから、やっと手錠や。しかも二本も」

みんなが町の角々で言っていた。カオルちゃんはそのまま機動隊の輸送警備車に乗せられ、岸和田署の地下にある留置場に直行した。

迷惑なのは留置場に居た先客たちである。

「うわっ！　カオルや！　寝てる！　やがて起きる！　ひゃあー!!」

と、各部屋でカオルちゃんのタライ回しが行われ、やがて目を覚ます。

「たいくつやのコラ、おうコラおう。おい！　ワレから順番に大声で何か歌うたえコラ」

ギン！　とにらまれ殴られ、オールナイトの歌合戦が始まる。みんな眠れない。もちろん当直の警官たちも眠れない。さっきまで麻酔薬でぐっすり眠っていたからカオルちゃんは眠ってくれない。歌合戦は毎夜つづく。

カオルちゃんが出てくるのに時間はかからなかった。


岸和田の祭りは九月だけではない。九月は岸和田城周辺の旧市と呼ばれる地区で、他は十月に行われる。堺《さかい》から泉南《せんなん》、泉州《せんしゅう》地区のほとんども十月である。

私たちのアルバイトは、ちょうどその十月の祭りに合わせたものだった。

「おうコラ。これでビールやらジューシュやら、ぜんぶ買いしめて売り切れにしてこんかいコラ、おうコラおう」

「カオルちゃん、ジューシュとちごてジュースな」

「くわあー、ペッ!!」

ゴイン！　と殴られ、私と小鉄はカオルちゃんから手渡されたお金を持ち、祭りの地区地区で自動販売機の中の飲み物をすべて買いつくす役だ。早い話、祭りに屋台を出す飲み物屋の裏工作部隊である。

夜店にしろ花火大会にしろ祭りの屋台にしろ、あの手の店の飲み物はかなり高い。ビールもジュースも下手をしたら倍の値段をつけている。それでも売れる。売れる原因は近くに自動販売機がないからである。あってもほとんどの販売機は「売り切れ」のランプがついているハズだ。そりゃそうだ、事前に買いしめ「売り切れ」にしているのである。もちろん近所のスーパーや酒屋なども売り切れにする。そっちはカオルちゃんが回っている。

とにかく屋台や露天の店以外では買えないようにする。飲み物の販売を独占するのである。

そして祭りが終わると、買いしめたビールやジュースをすべて返品する。返品理由なんかあって無いようなものだ。

「ハッタリくんも三年ほど前にな、この仕事やりかけたらしいわ」

小鉄は自動販売機の前に立つと、小さな輪ッカ状の金属の筒と細い棒のような物を鍵穴へと入れ、神経を集中させた。自動販売機周辺の道には露天商のトラックが止まり、各自出店の準備に追われていた。誰も私たちを気にもとめないが、たまに「お！　ごくろーさん！」と言って手を上げる人がいる。きっと飲み物関係の店の人だろう。

「やりかけたて、やってないんかい」

「うん、カオルちゃんから金を預かって、酒もジュースも買いしめんと、その金もってトンズラやてよ。有馬《ありま》温泉に女と行って、朝起きたら女も金も消えてて、服も靴も持って逃げられたもんやから、パンツ一丁でタクシー乗って、タクシー代よう払わんからイサミちゃんとこ行って見つかって半殺しにされたらしいわ。キヨシくん言うてたわ、さっき」

言って小鉄が顔を動かした。反対側の路上で知り合いのキヨシくんがベビーカステラの準備をしていた。

「アホやの」

「うん、アホや。持ち逃げは人道上、ゆるされん——、ＯＫ！」

カシャと小さな音がして自動販売機が大きく開いた。さすが小鉄である。どんな鍵だって開けられる。人が作った物は人の手によって何とでもなる、が持論なだけはある。

「いちいち買うのん、面倒くっさいもんのォ」

「そうそう、盗んだ分、金が浮きます」

そうである。私と小鉄はカオルちゃんから預かったお金はそのまま残し、自動販売機の中身をいただき、横流しをする。ルートはすでに小鉄がベビーカステラのキヨシくんを通じ、飲み物の露天商へと売りつける話になっていた。後日、返品してこーいと言われたら手つかずの預かり金を返し、横流し分とバイト料は私たちのフトコロへ、である。

「ごくろーさん。あいかわらず早いの。ほな移しかえよか」

キヨシくんがカラの段ボール箱と台車を手にやって来た。

「また来年もよろしくなキヨシくん。イサミちゃんをスルーして、こっちで直接たのむわ」

六軒ほど向こうの飲み物屋の露天商が、指でＯＫマークをつくっていた。

前を走る車が赤信号で止まるたびに、助手席からミズノの野球グローブのような手が伸びてきてクラクションを鳴らした。

「おうコラ！　いちいち止まるなボケ！　おうコラおうおう!!」

そして四トントラックの窓から顔を出し、カオルちゃんは怒鳴った。前の車はたまったものではない。さっきもそうだ。黒塗りのどでかいリンカーン・コンチネンタルが赤信号なのでスルリと止まった。

パパパパパパ――――!!　である。ついでだと私のライターを奪いとり、助手席の窓から前に投げつけるのである。コツン！　とまたうまい具合にリンカーンの屋根に当たるのである。

「あーあ、全損やなァ兄ちゃん。車、買い替えてもらわな、しゃあないで」

ぶ厚いドアが開き、二名のヤクザ屋さんが降り、運転席の私に言ってくるのである。

「あ、すんません……。窓口はあちらですのでクレームは担当者に……」

と、もちろん私は市役所の受付みたいに指で助手席を指す。

「くわあー、ペッ!!　ヤーコが信号守ってどうすんじゃい、おうコラ」

「あ！　カオル……ちゃん」

二名は大慌てで車にもどり、リンカーンを横に寄せた。その前の前の信号ではパトカーにクラクションを鳴らしたし、パトカーはパトカーで見て見ぬフリをしてUターンをした。

「押せ。押し出してまえ。おうコラ」

電車の踏み切りでは、前に止まるアベックの車を後ろからトコロテンみたいに押して通過させた。

「次の信号、左やコラ。おうコラおう」

助手席のカオルちゃんが言った。私が運転する四トントラックは三車線の一番右のレーンをけっこうなスピードで走っている。カオルちゃんの言う信号は目の前、五メートルほどである。もう少し手前で言ってほしいが、そんなこと考えてくれる人ではない。

「無理ィー!!」

「おうコラおう!」

丸太ン棒のような腕が伸びてきてハンドルをつかみ、グインと左に切った。荷台には返品用の大量のビールがのっている。

「うおおおおお――!!」

荷台で小鉄の叫び声がした。彼は最初トラックの運転席と助手席の間にちょこんと座っていたのだが、狭苦しいとカオルちゃんに首筋をつかまれ、ポイと荷台に放り投げられたのである。

一軒目の大手スーパーが見えていた。

ガードマンは両手を振って阻止しようとしたが、トラックに撥ねられそうになると慌てて飛び退《の》いた。

「ちょっと! 業者の人? 搬入口は一般駐車場の奥! バックして! バック……うぐっ!」

「くわあー、ペッ!! ペッ!!」

そしてもう一度近づいてきたが、トラックを降りたカオルちゃんが裏拳で鼻を殴ると五メートルほど吹っ飛んでしまった。

全国チェーンの大手スーパーの入口のド真ン中である。トラックの鼻先でスーパー入口の自動ドアが開いたままになり、買い物客らが事故か？　といった顔で私たちを見ていた。

「こらドチビ！　ここは何ケースじゃい！　おうコラ、おう」

カオルちゃんがトラックの荷台に声を掛けると、崩れたビールケースの下から「四十ゥゥゥ」と小鉄の声が聞こえ、むくむくと頭をのぞかせた。そして一枚の領収書をカオルちゃんへと手渡した。小鉄はイサミちゃんから返品分の領収書を十枚ほど預かっていた。カオルちゃんはそれを受け取り、ズンズンとスーパーの中に入り、一直線でサービスカウンターへと向かった。私は小鉄を荷物の中から救い出し、二人で後につづいた。

「くわあー、ペッ!!」

カオルちゃんはカウンターの上にタンを吐くと、バシッ！　と領収書を置いた。ガラスのカウンターにひびが入る。

「返品や。おうコラ」

「ハ、ハイ?.」

サービスカウンターの中にいた三人の女子店員が（アナタが行って、いえアンタ行きなさいよ、なんでよアンタの番やんか、恐いもん、ウチも恐いよ、食べられそうやん）などと小声で言いながら結局は三人並んでカオルちゃんの前に立った。ギロリ。ひーっ。にらまれると三人が抱き合う。

「くわあー、ペッ!!」

「ひーん!!」

「おうコラ、おうおう!!」

「キャー!!」

話にならないので小鉄が横から顔を突き出し、用件を代弁した。

「あのなオバハン、キリンビールをな、四十ケース、そこの祭りに持って行こ思て、ここでのし付けて包装までしてもろて、持って行ったんやけどな、開けたらコレがアサヒや。ビールみたいなもん、どっちゃでもエエがな言うかわからんけどな、自分用ならガマンもするけど、のし付けた贈りもんや。相手の好みで喜んでもらいたいがな。わかるやろ。ホンマえらい恥かいてしもたで」

イサミちゃんに教えてもらった通り、小鉄は手の平に書いた文字を読んだ。

「わかったんかいコラ！　おうコラおう!!」

女子店員三人組はまたもや「ひーん」と言いつつ、そっと後ろに下がった。そしてそっとサービスカウンターの一番奥にあるロッカーの扉を開けた。

「ああ、写真か」

小鉄がつぶやいた。このての店のサービスカウンターなど、客からのクレームを受け付ける部署では、要注意人物が必ず数名いるものである。それらの情報は他店とも共有するもので、一度どこかの店で要注意と判断されると顔写真や名前、特徴などがあちこちの店に出回るらしい。それらは受付の中の引き出しの中やロッカーなどの中に貼られていることが多い。

「ん？　ん――？　ん！」

ロッカーの中をのぞいていた女子店員がカオルちゃんを見てロッカーの扉の裏を見て、目を白黒させた。私と小鉄もそっと場所を移動し、ロッカーの中を盗み見る。

数人の白黒写真が貼ってあるのだが、一枚だけ、ほとんど等身大ポスターなみの扱いの人物があった。カオルちゃんである。

「キャー!!　で、で、出たあー!!」

「おうコラ、おう!!」

三人組の悲鳴が響くと同時に、店の保安員らしき男が走ってやって来た。

しかしカオルちゃんだとわかると、サービスカウンターの前を素通りし、非常階段の方向へと走り去った。

「あ……」

「ちょっとー！　どこ行くの、松村《まつむら》さーん！」

三人組が非常階段の方向に声をかけたのと前後して、今度はトラックを止めた店の入口から警察官が二名、走ってやって来た。誰かが通報したらしい。

「あっ……」

しかし警察官二名はカオルちゃんに気付くとサービスカウンターの寸前で左折し、ちょうど扉が開いていたエレベーターに飛びのった。

「ちょっとー！　一瞬こっち見たやーん!!」

三人組が天を仰ぐとすぐ、今度は店の奥から店長らしきネクタイ姿の男の人が小走りでやって来た、が、

「あ………」

と、すぐ右へと方向を変え、トイレへと速度を上げて駆け込んだ。

「ちょっと店長ォォー！　そこはいま清掃中ぅぅー!!」

三人組はついにその場に崩れ、しばらくすると領収書の金額プラス封筒に入った御車代が出てきた。

「おうコラおう！　くわあー、ペッ!!」

どこの店に行っても、すべてこの調子だった。イサミちゃんがなぜカオルちゃんに任せるのかがよくわかった。

「ごっついの。どこ行っても顔パスや」

「しかも御車代まで出てくるし。定から無理矢理取ったトラックのくせに」

返品のビールはあと十ケースとなり、私たちは泉佐野市にある最後のスーパーへと向かっていた。

そこでも同じことのくり返しだった。

デーン！　とトラックを入口に止め、ズンズン歩き「くわあー、ペッ!!」でカタがついた。サ

ービスカウンターの人はロッカーの扉の裏の写真を見て「あわわわ」と後退し、保安員と店長は「あ……」と言って逃げる。さすがに警察関係はすでに無線で情報が広がっているのだろう、誰も来なくなっていた。

「マニュアルはそこ。うんそこそこ、タバコを入れてる棚の中の下のほう……、それそれ！」

慣れてしまった小鉄が言うと、サービスカウンターの人は対カオルちゃん用マニュアル通り、領収書の金額プラス御車代を差し出す。

「よォ！　カオル！　こんなとこで何してんねん。喧嘩相手は売ってないぞォ」

その時、背後で声がした。現金はイサミちゃんから預かった革のポーチへ入れ、御車代の茶封筒は自分のポッケへとねじ込んでいたカオルちゃんがギン！　と振り返った。

小柄だが全身がバネのような感じの男が、カオルちゃんを見てニカリと笑っていた。胸板がえらく厚く、半袖のTシャツからは太い腕が生えている。岩石が服を着ているようだ。

「おうコラ、ヨコチンやないけコラ、おう」

ぐいっと顔を突き出し、カオルちゃんが言った。きっと満面の笑みなのだと思う。きっと笑ってるんだと思う。クロコダイルが電気うなぎに噛みつき、ビリビリ痺れてるけど、せっかくのうなぎだもん食べたいし……みたいな顔だった。ややこしい。

この人がヨコチンか。私と小鉄はペコリと頭を下げる。ヨコチンがニカリと笑う。歯まで筋肉がついてそうだ。よく見るとヨコチンの後ろに女の人がそっと立ち、赤ちゃんを抱いていた。女の人はヨコチンの奥さんらしく、カオルちゃんに小さく頭を下げていた。

「おう、おう、ダ、ダレの子や、おうコラ」

「オレの子に決まってるやろカオル。黙っててスマンな。また祝いや言うて、ごっついもん持ってこられたら困るしな……」

ヨコチンはそう言って肩をすぼめた。二人が結婚した時、カオルちゃんはお祝いや！　と言って家の権利書をポンと投げてよこしたらしい。

「こ、これは……」

「家やコラ、住めコラ、おう」

言われて夫婦で見に行ったら古墳と間違えるほどの大敷地に建つ大豪邸だったらしく、恐そうな人たちが占有していた。

「二、三日中に放り出す。住めコラ、もっとよろこべコラ！　おうコラおう！」

「いや……家はあんねん」

その時は丁重にお断りしたようだ。

カオルちゃんは「フン！」と鼻を鳴らし、ヨコチンの奥さんに近づき、両手を差し出した。

（どれ、オレにもその子を抱っこさせろ。食べはせん。投げもせん。コンパクトに折り曲げたりもせん）

その顔に書いてあった。カオルちゃん、女は苦手だが、けっこう子供好きである。道端で泣いている子がいれば子供の目の高さまでしゃがみ込み、「男が泣くなコラ、おう」と変な顔をして笑かそうと思って失神させるし、むかし小鉄がまだ幼稚園児だった頃、妹が近所の小学生七人に囲まれ、着ている服が汚いといじめられ、それを小鉄が見つけてケンカになった。七人の小学生vs.幼稚園の小鉄。勝てるわけはなく、ボロボロにやられたが妹をかばい切り、妹の手をにぎって泣いている小鉄をカオルちゃんが見ていた。

「ワレ男やんけ、おうコラ。ようやった、エライ!! くわあー、ペッ!!」

と、やさしく肩をたたかれ小鉄は脱臼した。それ以来左の肩が少し右より落ち気味だという。子供好きなのである。迷惑なのである。

カオルちゃんが一歩近づくとヨコチンの奥さんが首を振って一歩下がった。ひしと赤ちゃんを抱きしめている。またカオルちゃんが二歩近づくと、ヨコチンの奥さんは強く首をブルンブルンと振って三歩下がる。

「お、おう……コラ……」

「ダメ………殺さんといて……」

カオルちゃんが困っているのを初めて見た。

「カオルはまた、イサミのしょーもないこと手伝《てつ》どうてんか?」

前進と後退をつづける二人を見ながら、ヨコチンが私に聞いた。私はあいまいにうなずく。

「ちゅうことは、ジブンが春木のチュンバくんで、そっちの子が小鉄くんやな」

ヨコチンが言った。ヨコチンは岸和田で生まれて育ったが、中学になる頃に春木に引越したそうだ。春木中学に入学したくて。

「なんでまたわざわざガラの悪い春木に?」

「おいおい、自分で言うなよ」

理由は柔道である。昔から春木中学校は柔道がべらぼうに強く、多くの柔道家を輩出している名門である。何を隠そう私も柔道部に籍を置いたことがあるが、生意気な上級生に生意気だと言われ、そいつをシバき上げてやめた。ヨコチンはその春木柔道部の出身で、今も柔道を近所の子供たちや、警察署で教えているという。

「ま、こう見えても黒帯の上の紅白帯や、自慢とちゃうけどオレくらいの年ではおらへんなァ紅白は。自慢とちゃうで、カン違いせんといてや。　紅白の帯いうたら六段、七段、八段やねん。ま、練習の時とかは黒帯巻いてやってるけどな、紅白はイヤミやろう？　むはははははー!!」

ヨコチンが大きく胸をそらし、鼻の穴をブラックホールくらいふくらませて笑った。この辺であろう、イサミちゃんが嫌うのは。

「ところで、カオルちゃんとの関係は？」

小鉄が聞いたら「ツレや、おうコラ」と声がした。カオルちゃんがさみしそうに真横に立っていた。ヨコチンの奥さんははるか向こうまで逃げ、まだ首をブルンブルンと振っていた。子供好きなのだが女が苦手なので、あまり近寄れないようだ。

「ツレ、ですか」

私が言うとヨコチンも当たり前のように「うん、親友やな」と言った。

「ま、カオルは子分みたいな取巻き連中は多いけど友達は少ないからな。オレと死んだジローだけやろ、ツレ言えるんは」

「殺すどコラ、おうコラ」

プッと笑うと頭を軽くこづかれた。しかしカオルちゃんが自ら「ツレ」と呼ぶのを初めて聞いた。カオルちゃんが他人を呼ぶ場合、ほとんどは町名である。五軒屋町《ごけんやまち》に住んでる奴は「おい五軒屋」で、中北《なかぎた》に住んでたら「おい中北」である。全員ヒト山ナンボ、個人名は呼んでもらえない。その点、堺町《さかいまち》や宮本町《みやもとちょう》、藤井町《ふじいちょう》はお得である。「おい堺」「おい宮本」「おい藤井」と、まるで名字で呼ばれているようだが、大工町《だいくまち》や紙屋町《かみやちょう》は「おい大工」に「おい紙屋」なので商売風で少し困る。私や小鉄も最初は「おい春木」と「おい下野《しもの》」だったのだが、こいつら油断ならんゾとか、背中は向けんほうがエエな、と判断されると名前やあだ名で呼ばれるようになる。私と小鉄は岸和田不良界の若きエリートなのである。それにしても「ツレ」は別格であろう。

「長いつきあいやもんな、カオル」

「おう、おうコラ」

生まれた家はお向かい同士、誕生日も一日違いで、カオルちゃんを取り上げた産婆さんがそのままヨコチンの家に行き、日付けが変わってすぐヨコチンを取り上げたらしい。

「カオルが少年院に入った時も、刑務所にオチた時も、手紙いっぱい書いたんやでオレ」

「え！　カオルちゃん、字ィ読めるん?」

よけいなことを言った小鉄が、頭をむんずとワシ摑みにされた。万力より強い五本の指がギリギリとめり込む。押しボタン式信号機のボタンを指で押しただけで、ボタンが中にめり込んで壊してしまうダイヤモンド・フィンガーである。カオルちゃんが居るから押しボタン式信号機の普及が全国で一番岸和田は遅かったと言われている。小鉄が頭から「シュー」と変な音を出してその場に崩れ落ちた。

「返事もきたで。（暑い）とか（アホ）とか、（今日は六人シバいた）（十人いてもうた）（ぜんぶしめた）とかな。反省の色なんかぜんっぜんナシやったなァ」

「おうコラ！　よけいなことぬかすなコラ！　おうコラ、おう！」

　カオルちゃんがパンチでヨコチンの顔面を狙ったが、左手だけでそれを受け止めた。なるほどイサミちゃんが小学生の頃に泣かされるハズだ。カオルちゃんのどでかい拳を、驚異の握力で捻《ひね》ろうとしている。

「ふん！　くわあー、ペッ‼」

　しかしカオルちゃんには敵わない。そのままグリグリグリと拳を押し、ヨコチンの頬に到達するや回転しはじめた。トンネルを掘る大型ドリルのようである。

「危《あ》っぶな！」

　ヨコチンはカオルちゃんの拳を離し、素早く飛びのくと奥さんの元へと向かった。

「オレは、そこの鶴原《つるはら》の駅の近所でな、小さな電器屋やってんねん！　いっぺん遊びにおいでチュンバくん。中古の家電、買い取るで！」

　手を振りながら、ヨコチンは「中古の家電」のところでウインクをした。

「場所はカオルが知ってるわ。ほな！」

　今度はカオルちゃんに手を振り、奥さんが赤ちゃんを強く抱いたまま頭を下げた。

「ちょっと意味深やんけ……最後のとこ」

いつの間にか小鉄が立ち上がっていた。

「ごくろーさん。みんな済んだみたいやの」

ヨコチンたちが地下駐車場へのエスカレーターに乗り込み消えたと同時に、イサミちゃんが現れた。足音のしない人だ。

「おったんかいイサミ、おうコラ」

「うん、まあな」

イサミちゃんはカオルちゃんから革のポーチを回収すると、小鉄からも自動販売機の分のお金を回収した。そしてバイト料をくれる……と思ったら、また小鉄の前に手を差し出した。

「ハイ、販売機の中身パチッて横流しした分！　半分でエエから出さんかい」

すでにバレていた。恐い人である。そしてもう一度、イサミちゃんはヨコチンが消えたエスカレーターを見、不気味に笑っていた。


ホンダ・ダックス五十ccの音が、国道のガードレールを揺らしていた。

五十ccだが改造多数である。ハンドルはイージーライダー風のアップ型、ヘッドライトもステーで上げ、シートは中のアンコを切ってぺったんこにし、車体もショックとバネを替えて車高を低くしている。エンジンも少しボアアップしてキャブレターを大きなものに変更し、マフラーの中の「す」を抜いて排気効率を上げてあった。けっこう速く、かなりうるさい。

「小鉄ゥー！　このダックスどこでパチッてきてん！」

私はシートの後方にまたがり、大声で聞いた。小鉄が少しハイスロをゆるめる。

「そやから！　人聞きの悪いこと言うなてチュンバ！　買うてん買うてん！　盗んでないねん。オレのんや！　ミーのダックスや!!」

小鉄も大声で言い、脇道へと入った。そして駐車中のトラックの陰に隠れた。しばらくすると国道を白バイが二台、通りすぎて行った。小鉄の目は数キロ先のパトカーや白バイを即座に見つけることが出来る。相手が見えなくてもこっちは見える。そして耳は数百メートル先で小銭を落とした「チャリーン」の音を拾うことが出来る。軍用犬のようである。

「そんな金、ようあったのォ」

「アホか。金ちゅうのはあるとか、ないっちゅうもんとちゃうねん。手に入れる入れれへんちゅうもんやねん。むはははは」

小鉄はダックスをブルン！　と空吹かしをし、また国道へともどった。そういうものらしい。

「アンツーカーて知ってるか、チュンバ？」

小鉄が国道の左右を確かめ、言った。もう白バイはいない。

「知らーん！」

「テニスコートの土や、土ィ!!」

爆音の中で小鉄が説明してくれた。テニスコートや陸上競技のトラック用の土として使うのがアンツーカーというらしい。ある種の粘土を高熱で焼くとレンガ色になり、水ハケがすごく良い土になる。しかし作るのに手間がかかるので高価である。

「それがな！　赤土にそっくりやねん！」

赤土とは鉄分を多く含んだ土で、鉄分が多ければ多いほど赤くなる。レンガ色のアンツーカーに似ているが、こっちは天然のもので南国でよくとれる。

「久米田池《くめだいけ》の近所によォ、糸数《いとかず》建材てあるやろ！　土佐犬五匹くらい飼うてる沖縄のオッサン！」

「おう、ストローに穴あけてトロンボーン吹いたり、チクワに穴あけてソプラノ笛吹くオッサンや！」

「それは知らん！　そんなことすんの？　あのオッサン！　そのオッサンにな、ニセもんの免許証たのまれてな！」

一枚作って持って行ったそうだ。名前も住所も大正《たいしょう》区に住む弟のものにし、写真は糸数建材の社長のものだ。免許証を渡し、製作費と口止メ料をいただき、帰ろうとした。そしたら事務所の横に赤い色した土が盛ってあった。仕入れたが余りすぎて困っていると言う。小鉄先生の目が光る。

「ほんでな……」

小鉄はダックスを止め、身をよじって私に耳打ちをした。

「えー!!　あそこのテニスコート、その土ィ!!」

「シーッ!!」

そういうことらしい。ひと儲けしたらしい。オッサンもよろこんで話にのったらしい。暗躍した大人が他に二名ほどいるらしい。

「チュンバ、今度またゆっくりと、ビジネスと仕事の違いを教えちゃるわ」

小鉄がニヤリと笑っていた。こいつは本当に中学生だろうか？　年をゴマかしているように思う。そしてダックスはまた走り出し、国道を左折した。南海鶴原駅が見えていた。

駅前の踏み切りを越えてから小鉄はダックスを止めた。私はせまいシートから飛び下り、背伸びをする。

「たしか、この辺を入るハズやけどな……」

小鉄はポプリンの綿パンのポケットからメモを取り出し、横にしたり縦にしたり顔を曲げてそれを見ていた。新聞の折り込みチラシの裏に書かれた地図だった。横からのぞき込むと、太い線が一本と細い線が二本書かれ、駅らしき丸印のすぐそばに「ココ」とカタカナで書かれてあった。地図の空白に赤い血の染みがついていた。

「カオルちゃんに書いてもろてん……」

小鉄が鼻を手で押さえてつぶやいた。線三本と丸印ひとつと「ココ」という文字の地図で二千円取られたそうである。本屋で近所の地図を買ったほうが安い。しかも書いてる最中に小鉄が（うわ！　大雑把！）と心の中で思った瞬間、ガスッ！　と裏拳で鼻のてっぺんを殴られたそうである。カオルちゃんは、こと自分に対する悪口や非難に対してのテレパシーはすごい。競輪は当てないクセに、人の心の言葉はすぐ当てるのだ。

「その時の鼻血か……それ」

「うん。えーと、駅を越えて、この道を……、あ！　あそこや」

「えー！　オマエその線三本でわかんの！」

小鉄が指さす先に青空駐車場が見えていて、その真横の三叉路の角に「横田電器商会」と書かれたベージュ色の看板が見えていた。店のドアの上には「ナショナル特約店」と大きく書かれ、その文字の下に男女のカップルが立っていた。

「ん？　ん！　あれて……」

カップルはそっと店の中をのぞき込んでいた。

「ハッタリくん？」

たしかに男のほうはハッタリくんだった。もうグルグル巻きの包帯は取れていたが、いつもの小汚い七分袖のトレーナーにカーキ色の綿パン、そして茶色のデザートブーツを履いていた。これで冬になると軍放出のA2型革ジャンをひっかけ、気分だけは映画「大脱走」のスティーブ・マックイーンになるのだ。

「バイクはよう乗らんけどの」

「自転車でも、たまーにペダル踏み外してネンザとかしてるし」

そのハッタリくんの真横には女が一人、寄りそうように立っていた。二人で首を伸ばし、店の中をのぞいてはいるのだが、たまにハッタリくんは首だけではなく手も伸ばし、女のお尻をさわったりしていた。

「あー、アレや」

「あー、いつものアレや」

私と小鉄は同時にうなずいた。アレである。

「悪いクセやで」

「ホンマほんま、いやホンマ」

ハッタリくんにはカノジョはいない。いたためしがない。年中女日照りである。縁がない。奇跡も起こらない。

しかし哀しいことに本人はいたってスケベである。スケベだが金もないので、そういう場所へも行けやしない。ではどうするか？

あっちこっちでホームレスの女を探すのである。家もない、金もない、食べるものもなく、風呂にも長く入ってないが、元は美形な女を物色する。そのアンテナだけはするどいものを持っている。

「可哀想になァ。愛を信じる者は、その愛によって救われる……ボクについといで」

そんなことを言うそうだ。「恋しい」という字を「変しい」と書く男が。

「ろくなもんはないけどな、ごはんもみそ汁も温《ぬく》いで。あ、先に風呂入るか？　ハハハ、遠慮なんかせんでエエがな。困ってる時はお互い様や。百人に食べ物を与えることが出来なくても、一人なら出来るでしょうて、あのマザーテレサテンも言うてるがな」

などとバチ当たりなことも言う。名前すらよくわかっていない。そして近所の銭湯へとつれて行く。

「赤いてぬぐいマフラーにして♪　小さなセッケン♪　カタカタ鳴ったァ♪　ハハハ、貧乏くっさい唄やで」

明るく笑い閉店間際の銭湯に到着である。お金はもちろんハッタリくんが払ってやる。タオルもセッケンも、シャンプーだってすべて用意してあげる。

「ゆっくり浸かっといでや。垢と一緒に苦労も落としといで」

歯の浮くようなことを言うハッタリくんであるが、銭湯の主人にしたら毎回毎回湯舟が汚れてたまったものではない。ブツブツと文句を言うが、

「やかっしゃい！　どうせ今からキレイに掃除すんやろ！　なんぼ汚れても一緒やろ！　ドアホ」

と、手きびしい。やがてホコホコになった女が出てくる。銭湯の主人などはつい「おおおー」と声を上げる。けっこう美形である。ハッタリくんのその手の眼力はするどい。その後キレイになった女に食事を与え、酒も少し飲まし、フカフカの布団も用意する。

「それはそうと、一宿一飯の恩義て言葉、知ってる?」

そして言うそうだ。やっちゃうそうだ。悪知恵でも知恵は知恵だ。抜か六のハッタリくん、降臨である。

「ソレやな、きっと」

「うん、ソレや、間違いなしや」

二人で言ってたらハッタリくんと女が慌てて店先から離れた。店の中に人影が見え、ドアが開く。

「おう、ヨコチンや」

小鉄がダックスに飛び乗り、私もケツにまたがった。ブルン！　という音に気づき、ヨコチンが強そうな歯を見せ、手を上げるのが見えていたが、ハッタリくんと女の姿は消えていた。店の前には強い香水の匂いだけが残されていた。


「いよ！　来てくれたんか。まあ入り入り」

ヨコチンは笑顔でうなずいてくれた。かなり肌寒くなってきているというのに、今日も半袖のTシャツ一丁で、太い腕がTシャツの袖をパンパンに引き伸ばしていた。下は作業ズボンで、腰からタオルをぶら下げている。

店の中は閑散としていて、あまり電化製品は置いてない。しかし性格なのだろう、キレイに掃除がゆき届いていて、どこにもホコリひとつゴミひとつ落ちてはいなかった。

「工事がメインやからな。もちろん家電も売るで。カタログを見てもろて即、仕入れて納品や」

ヨコチンは店の中のテーブルを指さし言った。ぶ厚いカタログが置いてあり、竹のカゴの中には飴が山盛り入っている。店の中を素通りして出ると、裏手にけっこう広い敷地があった。店の玄関が三叉路の角に面し、裏手は道路に面している。店より裏手のほうが広く、そこには中古の電化製品が宝の山のように積まれてあり、ひとつひとつに手書きの値札がつけてあった。

トースターにポータブル・レコードプレイヤー、ステレオ式コンポ、洗濯機に冷蔵庫、白黒テレビにカラーテレビ、蛍光灯にアイロン、ズボンプレッサーまであった。すべてが中古品で、壊れた物を引き取り、ヨコチンがコツコツ修理して安く売っているらしい。

その宝の山の向こうが横田家の住居で、二階のベランダに赤ちゃんの肌着が干され、風にやさしく揺れていた。ヨコチンは一度自宅の中に入ると、プラッシーを三本と、栓抜きを持って戻って来た。

「コップはええやろ、男三人やし」

「すんません！　いただきます！」

プラッシーをラッパ飲みしながら、私たちは地べたに座って話をした。たわいのない話だ。最近カオルちゃんがまた真面目な服装をして町を徘徊しているのだが、あれはすごく迷惑で、ヤクザも警察も、どんなリアクションを取ったらいいのか困っている。それは私が言った。

「ああ、アレな。あれはな、何年前やったかなァー」

それについてヨコチンは答えてくれる。数年前、道を歩いていたカオルちゃんは、酔っぱらいと警官がモメているのを見たそうだ。

「まァまァ、ご主人、そないに暴れんと」

「うるさい！　なにがご主人じゃい！　オレは独身や！　おととし嫁ハンは娘と息子を連れて、ほかの男と……よけいなこと言わすなポリ！」

男一人が四人の警官に囲まれ、押し合いへし合いをしていたらしい。やがて押し合いへし合いは熱をおび、押し合いへし合いどつき合いへとエスカレートする。

「くぉるあー、暴れんなオッサン！　テレビの警察24時の時は横にカメラがあるから大人しいけど、普段はあんなん違うぞ！　警察なめてたら、いてまうど！」

「痛たたたた！　一般市民になにすんじゃい！　痛ったあー！」

そのやり取りに憧れたそうである、カオルちゃんが。

――一般市民。

カオルちゃんが言いたくとも言えない言葉、セリフである。もう少しスケールアップすると「善良なる一般市民」という金字塔のような言葉もあるが、そんな贅沢は言わない、まずは「一般市民」である。

「あんな一般市民はおらへんわ。無理無理！」

「カオルちゃんが一般市民クラスやったら、岸和田だけでアメリカに戦争勝てるで」

「そやから憧れてんやんか。一生かかっても言ってもらえん言葉や」

プラッシーをグビリと飲み、私たち三人はうなずき合った。あの真面目な服装は自分を少しでも一般市民に見せようとする憧れのファッションらしい。警察に取り囲まれ、こづかれたいらしい。ヤクザにすごまれたいらしい。しかし両者とも「罠？」と半分以上気づいているので無理である。

イサミちゃんの話もした。

「ホンマに小学生の時イサミちゃんを泣かしたんすか？　あの人、小学校五年の時、もう背中にスミ入ってたて聞くし……」

小鉄が聞いた。その噂は私も知っている。イサミちゃんは小学校三年でタバコを吸っていたし、五年の初め頃には背中、中学一年で両肩にも刺青があったと聞く。

「あーあ、入ってたな。小学生の時はまだスジ彫りやったけど、中学卒業の頃には全部色も入ってたん違うか？　夏休みの市民プールでえらい目立ってたで」

当たり前のようにヨコチンは言った。そしてそんなイサミちゃんを泣かした事もあると言う。

「あいつしつこいねん。小学校の時泣かされた言うて、中学校になってから春木中学校までわざわざ来てな、仕返しや言うて。楽勝で勝ったけど」

「え――!!」

驚いてしまった。突然の超大物の登場である。校門の前に立つイサミちゃんと、一対一でやり合ったそうである。何発も殴られたそうである。しかし柔道の達人はひるまない。つかんだらこっちのもの、地面に投げつけ首を絞める。そしてオトす。

「きれいにオトしても良かったんやけどな、アレは案外、気持ちエエねん。そやから半オチにしたってん。ハハハ。アレ苦しいねん」

しかしイサミちゃんは負けを一切、認めてないそうだ。オチてない負けてない春木なんか行ったこともない君は誰？

「そればっかりや……。そやのに突然うしろから狙ろてくるねんで」

ずっとつけ狙われたそうである。ある日突然、思い出したかのように物陰から襲って来る。

「嫁ハンと恋愛中に映画館で映画観てたら、突然うしろの席から細ーい針金で首を絞められたり、風呂に入って頭を洗ろてたら急に寒なってな、振り返ったら窓が開いてて、水中銃がニョキッと出てたり、恐いであいつ……」

じつにイサミちゃんらしいやり方である。負けは認めず勝つまでやめない。何年、何十年かかろうが、やられたらやり返す。対カオルちゃんだって百戦百敗はいっているが負けたことがないと今も言い張り、毎回死の淵を行ったり来たりしている。

「それが面倒で岸和田を出て、こっちで暮らしてるようなもんや。やっとあいつも最近はあきらめたみたいや」

ヨコチンが笑い、私と小鉄は首を振った。そんな人ではない。世界一あきらめの悪い人である。幼稚園児の頃にワタガシを買い、さあ食べようとしたら突風が吹いてワタガシが飛んでいった。イサミ少年は泣いた。それ以後、突風が吹くたびにワタガシを思い出しては泣き、今でも風の強い日は悲しそうな顔をしている人である。

「今もきっと狙ろてるな……、イサミちゃん」

私と小鉄はどこからか見られているような、そんな気持ちでうなずき合っていた。

先に言ったのはヨコチンのほうだった。

「で？　そろそろ本題に入ろか」

私ではなく、小鉄だけを見て言った。ニヤリと小鉄が笑う。ヨコチンの顔が少し変わっていた。

「テクニクスの縦型コンポてあるやん」

「うんうん、立った立った♪コンポが立った♪っちゅうやつや」

「アレがキレイに一台分、あるんですわ」

じつは一週間ほど前、私は同じクラスの奴に相談を受けた。そいつの家は三軒並んだ長屋風のアパートで、隣に住む一人暮らしの男がステレオを買ったらしい。

「テクニクスの縦型コンポっちゅうやつやねん。新製品やねん。チュンバ知ってる？」

「知ってるわい！　勃った勃った♪チンポが勃った♪さあ、えらいこっちゃー♪いうやつやろ」

「ちょっと違うけど……まあエエわ。それをな、うれしがって毎晩鳴らすねん、そのアホ」

大音量らしい。ベースを効かしまくるらしい。しかもロックではなく「ケメ子の歌」とか「赤い風船」とからしい。

「アカンやろそれ！　赤い風船て浅田美代子やんけ！　もともと音ハズレてるやんけ」

そいつの父が文句を言いに行っても人の話だけは聞く耳をもたない。よけいに音を上げるそうだ。

「オレの出番やな」

言ったのは私ではなく、横から出てきた小鉄だった。

「なんでやねん！　これはオレやろ。外に引っ張り出してボン！　ゴン！　ガーン！　で終わりやんけ」

「あほかチュンバ。罪を憎んで人を憎まズ、て言葉を知らんのかい」

「なんで最後だけ『ズ』やねん？　なんでカタカナやねん。そんな奴シバき上げて、キャン言わしたらエエねん」

「バカモン！　悪いのはそいつやない！　テクニクスの縦型コンポや！　それさえなかったら済むことや！」

不敵に小鉄が笑い、三日後にはコンポが突然蒸発したという。家出した。忽然と姿を消した。早いハナシ、盗まれたらしい。

「ほほう……、それをボクに引き取れと？」

ヨコチンがじっと小鉄をにらみつける。

「うん。まだ見たカンジ、新品です」

小鉄は平然と言う。なめんな！　盗っ人が！　とヨコチンが立ち上がった時のことを考え、私はプラッシーの瓶を逆手に握った。地面で割って突き刺せば、いくらヨコチンでも最初の動きは鈍るだろう。

「ナンボや？」

「タダです。無料」

「なんでや？」

「名刺代わりやと思といてください」

まずは挨拶、今後もよろしくと、小鉄が笑った。私もプラッシーを地面ではなく、口に運ぶ。

ヨコチンの目からチカラが抜けた。

「さすがやな、オマエら。よろこんで受け取るわ。世間には内緒やで」

商談成立である。それでは最速、明日の放課後にでも、と話していたら「すんませーん!!」と店の表で太い声がした。ヨコチンが立ち上がり、店に入ったが、またすぐ戻ってきた。同時に若い男が二人、道路から店の裏手に回って来た。高校を中退し、ダラダラと毎日を過ごしていると顔に書いてあった。

一人はオールバックの髪型に、サイドだけメッシュに染めていた。そして眉毛がほとんどない。きっとカミソリで眉毛を剃っているうちに、右を剃り過ぎ左を剃り過ぎ、アレ? 右が上がり過ぎた左が上がり過ぎたと、シーソー状態になってしまったのだろう。まるで映画に出てくるお公家様のように、目のかなり上にだけチョコンと眉毛があった。チョビ髭ではなくチョビ眉である。

もう一人は髪を脱色し過ぎたのであろう、色がなくなってトウモロコシの先っちょの毛を集め、無理矢理リーゼントにしたように見えた。眉毛まで脱色して白くなり、そのうえ風邪もひいてないのにでかいマスクをしているものだから、指名手配から逃げてる仙人みたいであった。

そして二人ともダラダラとしている。貫禄とだらしなさとを履き違えた良くいるタイプだ。手にまだ新しい掃除機を持っていた。

「ここに来たらよォ、何でも買うてくれる聞いたんやけどよォ、コレ引き取ってくれや」

お公家様が仙人の手元をアゴで指し言った。同時に仙人が掃除機を少し高く持ち上げる。

「それ、どないしたんや？　ボクら」

ヨコチンがやさしく言うと、お公家様が「ペッ」と地面にツバを吐き、

「うっとこの家のんや。オカンがサラ買《新品》うたんでよォ、コレいらんようになってん。買うてくれや」

と、眉間に深くシワを寄せてヨコチンをにらんだ。眉間が寄ると公家眉毛がマリモのように動いてカワイイ。

「ワハハハハ、兄ちゃんアホけ。なんで家の掃除機に『現品限り』のシール貼ってんねん」

私が言うと、二人はあわてて掃除機を見た。

「ウソじゃ。アホが見ーるゥー♪ブタのケエーツゥー♪」

笑ってやると二人の顔色が変わり、ギリギリと私をにらんできた。中学生にナメられてなさけない二人である。

「コラ、ガキ……、ケンカ売ってんかい」

「買うてくれますか？　泣いても返品きかへんど」

仙人が一歩前に出ると小鉄が立ち上がった。綿パンの尻ポケットから散髪屋さんが使う折りたたみのカミソリをそっと抜いていた。

「こらこら、ケンカせんといてや。ホンマ鼻っ柱強いなァ」

ヨコチンは私と小鉄を引っ張って自分の後ろに回すと、あらためてお公家様と仙人に向き合った。

「あのな、うちはたしかに中古やツブれた家電を買い取らしてもろてるけどな、盗んできたもんはお断りしてんねん。帰って」

　キッパリとヨコチンが言った。そんなことどの口が言ってんだ！　と頰をつねってやりたいが、内緒なので黙っといた。

「盗んでないっちゅーてんねん！」

　二人がダークダックスのように体を半身にしてスゴむ。

「帰って」

「子供の使いとちゃうどコラ！」

「ハイハイ、帰って」

「人が大人しいにしてたら調子にのりくさってコラ！　いてもうたろか！」

「そのセリフ、ボクが言いたいわ。帰って」

「なんてコラ!!」

　言ったと同時にお公家様がヨコチンの胸をドン！　と押したが、うまく体をズラして力を逃がし、ヨコチンは揺れもしなかった。バランスがいい。反対にお公家様のほうがヨコチンの胸板の厚さに驚いていた。

「なに笑ろてんねん！　コラァー!!」

　今度は仙人がヨコチンを蹴り上げようとしたが、うまく足をつかまれ、そのままコンクリートの地面に叩きつけられた。あとは二人してボウフラの踊りのようにヨコチンに飛びかかっていったが、何をしても、どうしても、ヨコチンは地面に手をつかない。柔道家というのはそうなのだろう。

「もう、しつこいなァ、弱いのに」

ヨコチンがそう言ってから五秒ほどでカタがついた。あっという間に二人まとめて地面に押しつけられ、動けなくなり悲鳴を上げていた。

「……今日はこのへんにしといたるわ。痛たたたた……」

二人は掃除機を犬の散歩のように引きずり、走って逃げて行った。ヨコチンは何事もなかったかのように振り返り、

「ま、長い付き合いにしよや。な」

と笑った。

それから私と小鉄はちょくちょくヨコチンの店に顔を出すようになった。いつも小鉄のダックスに二人乗りで行くのだが、学校帰りに行く時などは学生服を着たままなので、パトカーに追われてそのまま行けなかったり、岸和田と泉佐野の途中にある貝塚市の中学に寄っては、

「何年でもエエから一番強いのん出て来い!」

と、ケンカを売ったりと脱線も多かったが週に二回から三回は通っていた。

小鉄の目的は商談である。どこから手に入れるのかフェンダーのストラトキャスターやアンプ、よく銭湯に置いているマッサージ椅子まで入手し、商談が成立すると日曜日にまとめて軽トラで

運んだりした。だから毎週月曜日の小鉄は金持ちで、キップもよくなった。

私の目的は別にこれといってなく、小鉄について行って他所の中学生とケンカをするか、ヨコチンの宝の山からレコードを見つけ出して、店のステレオで聴くぐらいだった。ヨコチンの所には洋楽のレコードが多く、流行っていたソウル系の「ゲット・レディ」や「迷信」「吠えろドラゴン」などはここで手に入れ、エリック・クラプトンもポール・バターフィールドもここで覚えた。

そんなある日のことだった。

「……ごめんください」

と、消え入りそうな声で、ひとりの女性が店にやって来た。その女性は店の入口ではなく、最初から裏の宝の山へと現れた。髪は少しバサついてはいたが、鼻筋の通った美人だった。

「おいチュンバ、あのオバハン、ボウリングの中山律子に似てないけ」

「そうかあ？　中山律子より、うちの近所のよ、フジモト綿店の、真ン中のネーちゃんに似てるやろ。上とちゃうで、真ン中。西野バレエ団に行くとか行かへんとか言うてる人」

「ダレやねんそれ。オレ知らんわ」

小鉄と言っていたが、女性は私たちの方へは見向きもせずに、宝の山の中古家電を見ていた。女性が動くたびにキツイ香水の香りがした。私も小鉄も鼻をクンクンと動かし、首をひねった。どこかで嗅いだことのある匂いだった。

「なんか、お探しですか？　迅速、丁寧、親切！　そして誠実がモットーの横田電器商会！　社主の横田でございます。まァ、ボクしか従業員はいませんけど」

ヨコチンは笑顔とモミ手で近づいたが、女性は顔を伏せ、首を振った。そして小さくうつむいたまま言った。

「……あの、新品のんはありませんか?」

「もちろん用意さしてもらいますよ」

ヨコチンが女性を値踏みするような目で答える。女性は体にフィットしたワンピースを着ていた。ワンピースの前がすべて、男なら外したいボタン留めになっていて、下のほうのボタンをかなり外しているのでスリットのようになり、パンストの太モモまで見えている。

「あれ、ロレックスのカメレオンっちゅう時計やど……」

そっと小鉄が教えてくれた。小さな時計で、色違いのベルトを気分によって替えられるらしい。

「イサミちゃん、同んなじもん持ってたわ。今はもう作ってないから高いらしいで」

小鉄の言葉はヨコチンにも聞こえている。女性にも聞こえたらしく、髪をなでる振りをしながら見せびらかしていた。

「ちょっと事情がありまして、生活に使う電化製品を一式、揃えたいんです……」

うつむいたまま、女性は言った。少し前まで神戸にある化粧品販売店に勤めていたが、ワケがあって今回堺市内のアパートで一人暮らしを始めることになった。理由は夫。好きで一緒になったが働かない。遊んでばかりいる。そして酒、博奕、女。文句を言うとすぐ殴る。金に汚く、家の金を持ち出す。

「……どないしてんチュンバ? 涙目になってるど」

「うちのオトンのこと言うてる……」

親に反対されたのを聞かず、駆け落ちしてまでして一緒になった。今さら実家に帰れない。思い切って家を出て、一人で暮らそうと思う。心機一転、イチからやり直し、いやゼロからやり直したい。だから誰の垢もついていない新品の物ばかり揃えている。

「今月の十五日が引越し……ていいますか……、そのアパートに移り住む日なんです」

うつむいたまま、女性は言った。夫はその日、友人たちと尼崎《あまがさき》のプールに行くため朝から居ない。

「尼崎センタープールやな」

「うん、競艇場やな」

その日、身の回りの物を最小限にまとめ、堺市に移る。もちろん夫には内緒だ。すでに来月から堺東《さかいひがし》の不動産屋で事務員として働くのも決まっている。

「アパートも、その不動産屋さんの紹介か何かですか？」

ヨコチンが宝の山の柱にかけてある大きなカレンダーを見ながら言った。

「……ハイ、じつは兄が経営してまして」

くだらない男と家を飛び出した妹だが、妹は妹、やはり気になるのか事あるごとに、両親には内緒で助けてくれる。

「それは良かった。えーと、十五日いうたら……来週の日曜日……おお！　大安吉日や！」

ヨコチンが弾んだ声で言った。言った時にはダッシュで店の中に入り、ぶ厚いカタログを手に戻って来た。

「それで、何と何を御用意させてもらいましょ」

「お願いしてもよろしいですか?」

「もちろん! ボクはね、女に手を上げる奴が大嫌いなんですわ。ヒモやったらヒモらしィに、女を大事にせんとねェ! 応援さしてもらいます!」

ヨコチンはそう言いつつ、カレンダーの裏に隠れていたブザーを押した。

「おい小鉄、なにあのブザー」

「知らん。初めて見たぞ」

すると住居のほうで音が鳴り、しばらくするとヨコチンの奥さんが熱いお茶と菓子を盆にのせて運んできた。しかも私や小鉄には見せたことのない満面の笑みである。どうやら上得意&ボロ儲け話時限定の隠しブザーらしい。

「ささ! 店のほうへ! ささ!」

女性はヨコチンにうながされ、店の中へと入って行った。扉は開いたままで、二人の話は聞こえていた。女性の注文に、ヨコチンは必死でメモを取り、その都度カタログを広げて指をさす。声がどんどん大きくなり、顔が上気して赤くなっていた。

カラーテレビに洗濯機。トースターにアイロンにシステムコンポ。花柄の魔法瓶まで注文していた。

「えーと、出たばっかりのスリードア冷蔵庫はね、シャープさんなんですよォ……。電気モチつき機は東芝さんやしなァ。うちは一応、ナショナルのね……」

「無理ですか？」

「いえ！　用意しましょ！　付き合いある店ありますし！」

女性はかなりの数の品を注文し、住所と地図をその場で書くと、深く頭を下げて店を出た。

「ほな十五日に配達とセッティングさしてもらいます！」

「よろしくお願いします。お支払いはその日にしますので」

「りょーかい！　お気をつけて！」

ヨコチンは腰を九十度曲げて頭を下げた。そしてしばらくして顔を上げ、

「十五日、ヒマやろ？　ジブンら」

と言った。まだ女性の香水の匂いが漂っていた。


問題の十五日はすぐに訪れた。

ヨコチンによると、その後また女性から電話が掛かってきて、追加注文と、とにかく各商品は最高級のものであり、人気のあるものを揃えて欲しいと念を押されたそうである。

「んー、なんかひっかかるナァ……」

そう言ったのは小鉄である。しかしヨコチンは耳を貸さず、商品を揃えるために走った。奥さんの実家や、あちこちに借金をしてまで注文通りのものを揃えたそうだ。

その日、私と小鉄は手伝いのためにヨコチンの店に向かった。約束の時間より早く着いたのだ

が、すでに店の前にはレンタカー会社の名が入った二トントラックが止まり、荷台にはぶ厚いダンボール箱に入った新品の電化製品や小物類が、ギッシリと積み込んであった。ロープの弛《たわ》みを確認していたヨコチンは、私たちに気づくといつものように、パンパンに張った白いTシャツの胸板をピクピクピクと動かして笑った。

「スマンな無理いうて。これで茶ァでも飲んどいて」

ヨコチンは私たちに近づくと、作業ズボンのポケットから財布を取り出し、マジックテープをベリベリとめくった。そして指を入れる。

「いや、そんなん滅相もない！」

「遠慮すんな、若いもんが」

「………こらオッサン」

財布から出てきたのは二個のリプトン・ティーバッグだった。こんなことをするために早起きし、台所でティーバッグを探したらしい。

「茶ァでも飲め言うたやんか」

「シバいたろか……」

私と小鉄はトラックに押し込まれ、地図の場所である堺市に向かった。

場所はすぐにわかった。近くに南海高野線《こうやせん》の堺東駅があり、市役所も高島屋も商店街も銀行もあり、すべてが自転車で行ける便利な場所だった。家庭裁判所なんかすぐそこである。

「呼び出し受けても、ここに住んでたら、オカンかて工場休んで来んでも、昼間の休憩時間に来れるど。のお小鉄」

「ホンマや。堺の駅からタクシー乗って、市役所に行っててウソつかんでも済むわ」

そうなのである。私たちが悪いことをして警察に捕まり、後日家庭裁判所から呼び出しを受けると、まず岸和田から堺まで南海本線で向かう。家庭裁判所は堺駅にはなく堺東駅の近くにある。だから私たちは親と一緒に堺駅からタクシーに乗り、家庭裁判所へと向かうのだが、行き先を聞かれると百パーセント親は「堺市役所へ」とウソをつく。家庭裁判所の真横に市役所があるため、恥ずかしいのでそっちを言う。ただ腹が立つのはタクシーの運ちゃんがルームミラーごしに私の顔を見て判断し、勝手に家庭裁判所の前で止めることである。

「ほほーう、けっこうエエ建てもんやんか。さすが兄キが不動産屋やってるだけのことあるでな」

トラックから降り、ヨコチンが言った。たしかにアパートと聞いてはいたが、アパートとは呼べないリッパな建物だった。

「グランドヒル堺東」と書かれたプレートがコンクリートの門柱に嵌め込まれ、どでかいガラス扉の向こうには広いエントランスが見えていた。

「エントランスてなに？　野球のチームの名前か？」

「ちがうやろ。マスプロアンテナとか、そっち方面の名前やろ？」

「そっち方面てどっち方面やねん？　エエ加減なこと言うなよ小鉄ゥー」

言い合いながら上をながめていた。四階建ての四階角部屋が女性の部屋らしい。そこだけベランダが広く、二ケ所もあった。

「一人で住んでんの？　あそこに？　チュンバとこなんか、あの左側のベランダに三人で住んでるよな」

「ほっとけや。オトン帰ってけえへんかったりオカンが家出したりするから、だいたい二人じゃ。小鉄とこなんか右の小さいほうのベランダに四人で住んでるやんけアホよ」

「やかましいわい。そのうち二人だけになる予定じゃ」

「え？　どういうこと？　それ」

小鉄の家は両親と妹との四人家族で、家がせまいから両親の布団を出した後の押し入れに小鉄と妹が寝ているのを見たことがある。押し入れもせまいが、小鉄も妹も背が小さいのでうまく納まるのだ。

「オマエとこのオカン、うまいこと押し入れサイズに合わして産んだもんやのォー、ハハハハ」

と言って小鉄のオカンに蹴られたこともあったが、最近両親がうまくいってないと聞いていた。

「ま、エエやんけ、その話は……」

小鉄が言った時だった。ハイツの中から例の女性が現れ、少し困ったように頭を下げた。服装がこの前とまったく一緒だった。

「毎度！　あの部屋ですか？　一番大きい部屋」

ヨコチンが挨拶もそこそこに切り出すと、女性がうなずいた。

「なァなァ、小鉄、なんかあったんかい」

「エエて。また今度、ゆっくり話すわチュンバ。よっしゃあ！　運ぶどー!!」

小鉄が振り切るように叫び、私も両手にツバを吐き、

「四階なんかに住みやがってー!!　こっちの身にもなってみい!!」

と、トラックの荷台にかぶりついた。


汗づくになり、すべての電化製品を運び終え、ヨコチンがセットし、空のダンボール箱や発泡スチロールをトラックにのせた時である。私と小鉄はヨコチンが買ってくれたジンジャエールを飲んでいた。

「あの……申しワケないんですけど……」

少しの間、どこかに行っていた女性が帰ってくるなり肩を落として言った。今日、支払う約束をしていた商品代金がないと言う。

「いえ！　あるんですけど、今はないというか、銀行にあるんです……」

夫に内緒で飛び出しバタバタしていて、銀行に行くことを失念していたらしい。今のように日曜日に開いているATMはない時代だ。

申しわけないと思い、急いで兄の経営する不動産屋に行ったが、兄は仕事で奈良に行っているらしく、戻るのは深夜もしくは明日だと言われた。

「申しワケありません！　ワタシの落ち度です！　必ず！　必ず明日の朝九時になったら銀行に

行きます！　代金をおろしてすぐ！　お店のほうに届けます！　すみません！」

女性は両手を合わせ、何度も頭を下げた。ヨコチンは長い長いタメ息を吐き、女性の部屋を見渡した。新しいレースのカーテンがベランダでゆれていた。電話もあるし台所には食器や鍋などもすべて新しいものが並んでいる。まだ開封していない引越し荷物も置いたままである。

「たしかにバタバタするわな。女一人で逃げて来たんやし」

ヨコチンが言うと、女性が鼻をすする。

「よっしゃ！　オレも男や、困った時はお互い様。明日まで待ったるわ。そのかわり、明日の昼の一時、ここに集金に来るから間違いなしに用意しといてや」

「ハイ！　ありがとうございます！　助かります。ホンマ初めてのことばかりで、何から手をつけたらエエのかもわからんと……」

「気持ちわかります」

ヨコチンと女性との話が続くその時だった。

「そのかわり利息はもらうで」

小鉄が当たり前のように言った。私もヨコチンもポカンと小鉄の横顔を見つめる。小鉄は（ミーの顔になにか?）という感じで「当然やんけ」と女性を真正面からにらみつけた。

「わ、わかりました……」

「五パーでええわ」

「ハイ……」

話はついた。きっと帰りのトラックの中で、小鉄は利息分は自分のものと主張するであろう。ヨコチンはきっと押し切られてＹＥＳと言うであろう。

「ほ、ほな、帰ろか」

ヨコチンはもう一度女性に念を押すと、部屋を後にした。階段を下り、外に出ると小鉄は四階を見上げた。

「チュンバ、見たか？　台所の隅っこ」

そして言った。私も四階を見上げる。

「おう。軍手やろ」

そこには大きな軍手が二組、ポイと無造作に置いてあった。女が使う大きさではなく、新品でもない。男が二人、使った途中で置いたものだ。

「引越し屋のんやろ。さあ、帰るぞ」

ヨコチンは早くレンタカーのトラックを返したいのだろう、私たちを急がせた。

「引越し屋が使いかけの軍手、二人も一緒に忘れて行くかい」

小鉄が言いつつトラックに乗り込んだ。

「誰かがもう一回使うために、置いといたっちゅうことか」

私もトラックに乗った。ヨコチンが不安気に四階を見上げていた。

次の日ヨコチンは約束の時間より少し早く女のアパートに行ったそうだ。

その時にはもう部屋はもぬけのカラ、家具もカーテンも食器もすべて跡形もなく消えさり、もちろんきのう運び入れた電化製品も無くなっていた。不動産屋もない、兄もいない、作り話。なにもかもが、たった一晩で消えた。

残ったのは女の強い香水の残り香と、ヨコチンが仕入れのために無理をしてかかえた借金だけだった。


毎日ヨコチンは抜殻のようになって暮らしていた。ボーとしているし、呼んでも返事すら出来ない日もあった。きのうも風呂に入るのに、服を着たまま肩までつかり、二十まで数をかぞえて出てきてから服を脱いだそうだ。

「エエやん、洗濯の手間がはぶけて」

言ったがヨコチンはうなずくだけで、何かを言い返してもこない。アウトである。

あの日以来、女性は姿を消した。

堺東のアパートも、どうやら恐くてヤバイ筋の人たちが管理している物件らしい。

「プロのヤクザが絡んでたら、ボクには手も足も出せんわ……」

ヨコチンはプラッシーを栓をしたまま口に運び、必死で吸いながら言うのだった。しかしボーと夢遊病者のように暮らしているヒマなどヨコチンにはなかった。借りたものは返す。そう、借金はそのままなので、返して欲しい人は毎日やって来るのである。ない！　と言っても通らない。朝から晩まで押しかけて、夜中になると家の玄関を蹴り、周囲の壁をバットでガンガン叩いて大

きな音をたて、

「こうるァあー!! ゼニ返さんかい盗っ人ォ!!」

と怒鳴り、隣近所から苦情が出るようなことをワザとする。しかも手みやげにと、宝の山の中古家電を黙って持って帰る。ヨコチンは借金を返すことも出来ない、売る物もない状態で煮つまっていた。

「どうする小鉄? このまま放っとく?」

「いや、大事な販売ルートやでヨコチンとこは。ここらで一発、恩でも売っとくわ。チュンバ、チカラずくで来る奴はまかせたぞ」

「オーライ! まかしとけ」

そして動いた。動いてすぐ借金取りがやって来た。ヨコチンと同じ電器屋の仲間で、少しウルさそうな奴をつれていた。

「今日で何回目の五・十日《ごとび》や思てんねんアンタ。末に払う言うから、うちかて無理して商品まわしちゃってんで」

「払わんかいコラ! ぶち殺すどボケエ! ワレとこの嫁ハンとガキさろて売り飛ばっそオ!!」

「まァまァ、そう大きな声を出すなオマエ」

「そやけど社長ォ! こんなガキ! 生かしとったら……」

「すまんな横田さん、こいつ頭に血ィ上ったら何するかわからん男やけど、ワタシの言うことだけは聞きますねん」

——パチパチパチパチ。

私と小鉄はアクビをしながら二人に拍手を送った。静と動。仏と鬼。飼い主と狂犬。ヤクザの取り立てや借金とり、刑事などがよく使う初歩の初歩の芝居である。

「ダレも払わん言うてないやん。ちょっとだけ待ったってやオッチャンら」

小鉄が私にウインクをしながら言った。相手の二人はガキが何を言う、そんな顔で小鉄をにらみ、次に私をにらんでくる。私はそっと壁をトントンと軽くたたいた。そこにはヨコチンの家の玄関先に飾ってあった魔よけ及び押し売りよけのパネルがかけてあった。小鉄が「もったいない」と場所を店のほうに移動させたものだ。

「あっ……」

「わ———!!」

二人がパネルを指さし、同時に後ずさりした。パネルは写真を大きく引き伸ばしたもので、ヨコチンとカオルちゃんが肩を組み、ツーショットでうつっている。ヨコチンは笑顔で、カオルちゃんは笑おうとして失敗したらしく、恐い顔でカメラのレンズをにらみつけていた。

「その斜めに入ったスジはね、カオルがレンズをにらんだ瞬間、ピキッてひびが入って」

写真の補足をヨコチンがした。カオルちゃんと西郷隆盛が写真嫌いだというのは日本の常識である。そのカオルちゃんが肩を組み、一枚の写真におさまっているのだ。

「あんた……何者や……」

「あの人と肩組んで……脱臼とかしまへんのか……」

すでに二人の目は怯えに変わっている。虫を踏みつぶそうとしたら、それはサソリで、さらによく見るとサソリは巨大な虎の尾の上に乗っていた。踏んだら最後、刺されて毒は回るわ虎のエサにもされてしまう。しかもその虎はいつも機嫌がすこぶる悪い。

「……お知り合い？」

「ツレ！　幼なじみ！　マブダチ！　一心同体！」

「失礼しました！　帰るぞ！」

すぐに帰ってしまった。そのすぐ後に来た連中も入るなりパネルを見てUターンした。効果絶大である。これなら等身大の蠟人形を置いといたら借金なんかチャラになるのではないかと思ったが、それをすると客まで来なくなるとヨコチンが笑った。

「お、ちょっと元気出てきたやんヨコチン」

「うん、カオルはなんか、パワーをくれるっちゅうか噂をするだけで元気が出る存在やな」

「ほたらもうカオルちゃん本人に頼んで、窓口やってもろたらエエやん。借金ぜーんぶ踏み倒してくれるで」

小鉄が言ったがヨコチンは首を横に振った。借りたものは何があっても自分で返す。もちろん迷惑をかけた分も何か形にして足して返したい。そしてカオルちゃんには助けは求めない。

「もしチュンバがやで、何かあって困って困って、底まで落ちた時に、ジブン小鉄に助けてくれて言うか？」

聞かれた。いや、そういう時ほど小鉄には何も言わないだろう、黙っているだろう。心配をかけたくないし、そんな自分を見せたくもない。

「ホンマのツレて、そんなもんやと思うわ」

カオルちゃんとヨコチンの仲がいいのがわかったような気がした。そして小鉄が言いたがらない家の事情が心配になってきた。


次の週の土曜日のことだった。

学校は昼までで、さて家に帰ってチキンラーメンでも食べながらテレビで吉本新喜劇でも観ようかと門を出たら、小鉄が学生服のままダックスのアクセルを吹かしていた。

「ちょい臨時収入が入ってよ、駅前のBMでイタリアンスパゲティでもどお?」

人さし指をクイッと曲げ、小鉄が言った。きのうの夜中、道端に止めてあるクラウンをのぞき込んだら中に手提げバッグが見えていたそうである。キーの掛かった車のドアを開けるくらい、小鉄はJAFより早い。数秒で開け、バッグを盗ったら中には封筒が入っていて、封筒の中にはお金が入っていたらしい。

「ええのォ。粉チーズ、アホほどふったろ」

私はダックスの後ろに飛び乗った。誰もいない家でテレビを観ながらインスタントラーメンをすするより、熱い鉄板の上に玉子を敷き、ケチャップで炒めたスパゲティをのせたやつをツレと食べるほうがうまいし楽しいに決まっている。

「レッツラゴー!」

ダックスは前輪を少し浮かせ、岸和田競輪場へと向かった。

学校から春木駅の前にある「喫茶ＢＭ」に行く時は、いつも競輪場の中を突っ切った。少し遠回りにはなるが、そこには大人の世界があるし、学校の先生たちが「近よるな！」と口を酸っぱくして言う所には近よりたいものである。

「オレ、思うんやけどな……」

競輪場の入口に立つガードマンたちに手を上げ、小鉄が言い出した。ガードマンたちは困ったような顔をするが、私や小鉄に「入るな！」とは言わない。顔なじみである。無免許、タバコ、ナイフ、盗品の腕時計、立ち入り禁止、どれから注意をしたらいいのかを考えていたら面倒くさくなるようだ。

「なんや？」

「あのな、あの時あの女、ヨコチンとこの店側に来んと、直接裏手に来たやろ」

競輪場の中をジグザグにダックスを走らせ、小鉄は言う。例のサギ女のことだ。たしかに普通なら家電を注文する場合、店の入口から入って来るはずだが、あの女性は一直線にヨコチンがいつも居る裏の宝の山へとやって来た。よほどヨコチンの店を知っている者がとる行動だが、女性は初めてだと言っていたし、堺東のアパートから泉佐野の小さな電器屋までは遠すぎる。

「ちょっとおかしいと思わん？」

「ほな最初からヨコチンとこに、狙いをつけてたっちゅうことかい」

「くわあー、ペッ!!」

突然カオルちゃんの声がした。ダックスのエンジンが不調になり、スタンドの方向で喚声が上がった。選手が数人、落車したようだ。

「うわ！　カオルちゃんや！」

「押せ押せチュンバ！　ダックス押してくれ！　止まってもうた！」

カオルちゃんは場内の売店の前にいた。いい匂いの関東炊き《オデン》の大鍋の前で仁王立ちになり、売り子の顔をにらみつけていた。にらまれる売り子の兄ちゃんの目からはすでに、白い煙が出ている。太陽光が虫メガネを通って黒い瞳をジリジリと焼いているのに似ている。

「黄身のない玉子売りくさってコラ、おうコラ、おう」

いちゃもんをつけていた。売店で大好物の関東炊きの玉子を買った。良く汁につかり、いい色だった。うれしかった。お金を支払い、玉子を口の中に運んだ。ホクッと白身が割れ、ホクホクッと黄身が……。ん？　ん？　ホワイ？　黄身がないではないか……。

「どないする気じゃコラ！　おうコラ！」

カオルちゃんは怒っていた。入ってなかったという黄身のカスを口の横と歯ぐきにひっつけて怒っていた。よくやる手口である。たい焼きを買って食べたらアンコが入ってなかった。イチゴ大福を買って食べたら肝心カナメのイチゴが入ってなかったと、口の横にアンコやイチゴのカスをつけたまま、いちゃもんをつける。すっごく楽しみにしていた心を打ち砕いた精神的なものを慰謝してくれる料金が出てくるまで怒る。出てこなかったら店と売り主の体をガタガタに壊す。

慰謝料か医者料か？　二者択一である。

「くわばらくわばら桑原和男さんや……」

私と小鉄はそっとダックスを押し、その場から離れた。

ダックスのエンジンはカオルちゃんから離れると何事もなかったかのように再始動した。そのまま競輪場の裏門を出ると、そこから駅までオケラ道が続く。フトコロがすっからかんになり、肩を落とした大人たちが羊の群れのように移動する。その脇にはいろいろな露店が並ぶ。その中にイサミちゃんが出している店もあるのだが、今日は本人は不在のようで、別の人が店番をしていた。

「お！　おい兄ちゃん、この香水てアレか？　モリリン・マンローがつけてたヤツか？」

少し競輪で当てたのだろう、一人のオッサンが声も気も大きくなって店の台の上から一本の箱入り香水を持ち上げた。

「なんか微妙に間違えてるよな、名前……」

オッサンが持つ香水の箱にはシャネルではなく「チャンネル・NO5」と書かれてあった。

「本物かァ、これ」

目の高さまで上げ、箱の字をゆっくり読もうとした時、今まで居なかったイサミちゃんが通行人Aとして突然現れ、オッサンの腕に肩をぶつけて立ち去った。腕が曲がり、手にした香水がアスファルトの地面へと落下する。

――グシャ、パリン。

箱の中の薄い瓶が割れたのであろう、箱が濡れ、アスファルトに染みが広がる。この瞬間から「チャンネル・NO5」はシャネルの五番へと変身をする。

「こらオッサン！　なにをさらしてんねんコラァ！　シャネル割りくさってワレ！　どないするつもりじゃい!!」

一度通りすぎたイサミちゃんが戻ってきて言った。ここでもまた、いちゃもんである。カオルちゃんは黄身があるのになかったと怒り、イサミちゃんは中身が安物なのに高級品だったと怒る。

「そ、そんなん言われたかて……ワテ」

「ワテもアテもあるかえ！　食てまうど！」

恐い恐い、大人は恐いと、私も小鉄も立ち去ろうとしたが、小鉄の鼻がヒクヒク動いた。

「ん？　ん？　んー!!　この匂い！」

地面に広がる安物だけど高級品の香水の匂いをかぎ、小鉄がうなずいた。

「ほらチュンバ、一緒の匂いやんけ！」

初めてヨコチンの店に行った時ハッタリくんを見かけた。横には女が一緒にいて、二人が逃げるように立ち去った後、強い香水の匂いが残っていた。そして先日のヨコチンを騙《だま》した女の強い香水の匂い。

「この匂いや。間違いなっしや」

「ほな探さんとアカンのォ」

「どっちをや?」

「ハッタリくんに決まってるやんけ」

私と小鉄を、イサミちゃんが遠くでじっと見ていた。


ハッタリくんが行方不明になったのは、その日の夜のことだ。

小鉄と昼めしを食い、一度家に帰って着替え、二人でヨコチンの様子を見に行った。めずらしくヨコチンは裏の宝の山ではなく店の中にいて、ブツブツと一人でつぶやきながら一心不乱に写経をしていた。

「帰ろか……」

「帰ろ。手伝えとか言われても困るしの」

こりゃダメだと即Uターンし、町をブラブラしてたら定が女と二人きりで歩いていたので、追いこし様に小鉄が持っていたクギ抜きで頭を思い切り殴って大出血をさせてやった。その三十分後には定軍団約五十名が報復に動き出し、必死で逃げていたら夜になった。

「ちょうどエエわ、ハッタリくんとこ行って、しばらく隠れとこや」

「おう、聞きたいこと、どっさりあるしの」

そしてハッタリくんのアパートに行った。部屋の灯りはついていたが反応はなかった。何度ドアをたたいても出て来ない。どうする? なんて思わない。

「小鉄、カギ開けいや」

「イエッサー！」

小鉄が女物の髪ドメ二本でカギを開けた。中に入る。つい数時間前まで居た形跡があった。ちゃぶ台の上に置かれた鍋にはチキンラーメンが少し残っていた。しかし部屋は案外、片づいている。布団が敷かれ、めくると綿パンが寝押しされていた。珠ノレンがゆれ、ひとつある窓にはレースのカーテンが掛かっていた。

「おい、アレ」

小鉄が指をさした。鴨居にあっちこっちの喫茶店のマッチが並べて飾られていて、ハンガーが吊るしてあった。ハンガーには前がすべてボタン留めになった女物のワンピースがかかり、真下の台の上には「チャンネル・ＮＯ５」の香水の箱と瓶がポンと置かれていた。あの女の匂いがしていた。

「ビンゴォー」

「さあ、面倒くっさいことの始まりや」

私と小鉄はそのまま待ち続けたが、三日たってもハッタリくんは部屋に戻っては来なかった。しかしひょんな偶然が私たちとハッタリくんを引き合わせるのだった。

偶然とは恐いものである。

たまたまスケベな小鉄が、前の夜に一一七で女をひっかけた。一一七とは電話の時報の「一一七」のことで、この頃はＮＴＴもまだ電電公社と呼ばれ、電話もデジタルではなく思い切りアナログな時代である。ゆえによく混線を起こす。とくに時報の一一七は混線の宝庫であった。（ただいまより、〇時×分△秒をお伝えします。ツ、ツ、ツ、ポーン！……ただいまより——）

このポーン！の後、一秒ちょい無音状態になるのだが、ここで大声を出すと、同時に聞いている人にその声が聞こえた。その逆もアリで、会話まで出来たのだ。だから女の子が何かを言うと、今までシーンとしていたのに突然三人も四人も男の声がかぶさることもあったし、男同士の口ゲンカもよくあった。

「なーにが夏木マリやねん！きのう家で観た『野生の王国』を思い出したわい！なんやねん、あの女の脚！キングコブラみたいやったやんけ！オレより筋肉モリモリや！」

私はダックスの後ろに乗り、悪態をつきまくっていた。小鉄は一一七で女と連絡を取り合い、和泉府中《いずみふちゅう》駅前で待ち合わせた。女は二名、一人は夏木マリに似ていると良く言われると言い、もう一人はマギー・ミネンコに似ていると言っていたそうである。

自称である。

自称・不動産会社役員、自称・石油王、自称・某国国王、自称なら何でも言える。自称・夏木マリはピグモンがスカートを穿いて両手をプラプラさせてたし、自称・マギー・ミネンコは堺マチャアキが化粧をして微笑んでいた。そのうえその一一七を聞いてた男どものグループが、少なくとも三組は来ていて火花を散らしていた。

「ふつう女の二人連れいうたらやで小鉄！べっぴんとブサイクが来るもんやろがい！そやの

にあのガキら、世間の相場ちゅうもんを無視しやがって！」

「そやけど気立ては良さそうやったやんけ」

「気立てなんかいらんわい！　オレは結婚相手を募集してんちゃうわい！　ボケ！」

後ろから小鉄の頭をゴインと殴ってやった。小鉄は頭をさすりながら、ダックスを近道であるホテル街へと向ける。

「あーあ、せっかくホテル代まで用意してたのにのォー……」

小鉄の肩が落ち、ダックスはホテル街のド真ン中の道を進んだ。一台の車がビニールの目隠しカーテンの中から出て来たので「ごくろーさまでしたァ！」と二人で叫んだ。道の両サイドはホテルホテルホテルホテルである。昼間のこんな時間から、どのホテルもほぼ満室で、駐車場には車がズラリと並んでいる。

「大人は年中スケベやの」

つぶやきつつ、私は一軒のホテルの駐車場をのぞき込んだ。車、車、車、自転車、車、車。ん？　と思ったらダックスが止まった。小鉄も同じところを見ていたようだ。

車車車自転車車車だった。何回見ても自転車が一台、堂々と止めてあった。他の車と同様に、ナンバープレートを隠す板を前輪に立て掛けている。

「ん？　んー!!」

そしてその自転車の前カゴには、ベンツの例のマーク「スリーポインテッドスター」が針金でくくりつけられ輝いていた。ハッタリくんの自家用自転車、ミヤタ・メルツェデス号である。

「なるほど……。そういうことかい」

「ちょっと、まとまった金、入ったんやな」

ふーん、と二人で言いながら、ダックスを道の脇に止めた。私はタバコに火をつけ、ダックスに寄りかかる。

「どないする？　出るのん、待つ？」

小鉄が聞いた。私は「アホか」と首を振った。自分が女のことで失敗をした日に、別の誰かがホテルにしけこんでウフンあはん♡と幸せ時間を満喫しているなんて許せるハズはない。

「そらそやの。ほな行ってくるわ」

小鉄はうなずき、ホテルの駐車場へと入って行った。五分ほど待っただろうか、タバコを一本吸い終わった頃、小鉄がゆっくりと戻って来た。手にはホテルの駐車場に止まっている車の台数分の発煙筒を持っていた。勝手に開けて拝借したようだ。

「ほなやるで」

「おう」

小鉄はすべての発煙筒に着火をすると、一本ずつ駐車場の中へと投げ入れた。うす暗かった駐車場の中が一瞬赤くなり、しばらくすると白い煙に包まれた。

もうもうたる煙の量である。

「火ー事ーやーぞー!!」

そして二人で叫んだ。一度サンダルを履いたオバちゃんがホテルの中から現れ、駐車場をのぞくと「いや！　えらいこっちゃ！」と言い、また中へと戻った。戻ってすぐにジリリリリリリ!!　と、けたたましいベルの音が響いた。

「なんや、手動かい！　警報器」

そこからはエライ騒ぎである。ホテルの出入口から客は出て来るのだが、つい二分前まで素裸だった奴もいるわけで、ズボンを裏返しに穿いてたり、浴衣に革靴の坂本龍馬くんみたいになってる奴もいる。それに外に出てから気付き、もう一度戻ろうとして出てくる奴とぶつかってひっくり返り、あわてて起き上がると別の女の手を引っぱって逃げようとして、その女の男とケンカになっていた。警報の音が大きかったし、煙がどこから出ているのかわからないのだろう、隣のホテルからも客が外へ飛び出して来ていた。私と小鉄はそれを見ながら大笑いし、ホテルの出入口に目をこらして見ていた。

そしてついに現れたのである。ハッタリくんが。いつもの七分袖のトレーナーに、下は小学生が穿くような白のグンゼのパンツ一丁だった。手には革のバッグを持っていた。

女はいない。一人だけで平気で逃げる人である。

「ハッタリくーん!!」

手を上げ、大声で呼びかけると気付いたのであろう、ホテルの安いスリッパをチリチリ音をたてて走って来た。

「よお！　びっくりやで！　火事や火事！　火事火事火事。ハハハ」

ニン、と笑い、自分が逃げて来たホテルを指さし、その指がまた動き、私と小鉄をさす。

「オマエら何してん？　こんなとこで」

「それより女は？　ハッタリくん。ホームレスの女」

「いや、風呂入ってたからな、そのまま放っといた……。なんでホームレスの女のことを……」

「かわいそうやんハッタリくーん。堺東《ガシ》まで連れて行って、電化製品ババにさして、ええ目もしたクセにポイけ？」

言って私はハッタリくんをにらみつけた。

「……いや、それはやな……え？　何のこと？　知らんで。堺東？　なにそれ？」

ハッタリくんがグンゼの白パンツをぐいっと引き上げた。この人はウソをつくと必ずズボンやジャージなど、穿いてるものを引き上げる。

「小鉄、そこのセメント工場の角に公衆電話あったやろ」

「おう、ヨコチン呼ぶわ」

私が首を動かすと小鉄が走った。

「お、おい！　やめいて！　やめてくれよ！」

小鉄の後を追おうとするハッタリくんを止め、私は黙って手の平を差し出した。クチ止メ料？

ハッタリくんの口が動く。私はコクリとうなずいた。

「チッ！　おまえらホンマに中学生か？　誰の生まれ変わりや？」

「どてらい男《やつ》」

ハッタリくんは舌打ちとタメ息を一緒にし、革のバッグから財布を取り出し、私に背中を向けて見えないようにした。ベリベリベリとマジックテープの音が聞こえた。

「ほなコレ！」

出てきたのは五千円札一枚である。私は天をあおぎ、首を振った。

「うーん……これでどや！」

次に出てきたのは一万円札だ。私は首を振り、二人分だぞと言った。

「えーい！　持ってけドロボウ！」

次は一万円札が三枚、三万円である。私は受け取り、ポケットの中へと入れた。ちょうど小鉄が戻って来た。

「小鉄、ハッタリくん、こづかいや言うて三万もくれたぞ」

「へー。いよ！　お大尽！」

「で、ヨコチンは？」

「うん、すぐ来るって。半殺しにしてもエエから逃がすな言うてたわ」

「ふーん」

私と小鉄はじっとハッタリくんをにらみつけた。

「おおお、おいコラ！　いま三万も渡したやんけ！」

「え？　何のこと？　知らんで」

私はさっきハッタリくんが言ったセリフを真似て言った。

「う、うそつき!!」

「うそつきはワレじゃ!」

思い切り鼻のてっぺんを殴ってやった。鼻血をたらしてうずくまるハッタリくんの向こうに、チャンネル・NO5の女が見えていた。ハッタリくんの綿パンを手に、ホテルの前でオロオロしていた。

「小鉄、アレも逃がすなよ」

「おう」

小鉄がアイスピックを素振りしながら、女に近づいて行った。


そこらへんの事務所に置いてあるような椅子に座らされ、ハッタリくんはもがいていた。ヨコチンの運転するコロナのライトバンに放り込んだ時は少々暴れた。ヨコチンは「もう!」と言いつつハッタリくんの首に太い腕をまわすと数秒でオチた。暴れないように全オチにしたらしい。意識は飛び、仮死状態である。そして店に着いてすぐに事務椅子に座らせた。

「ヨコチン、手錠てあったりする?」

私が聞くとヨコチンは「あるで」と当たり前のように言い、宝の山の古い冷蔵庫を開け、手錠を出してきた。手錠の奥には警棒かヤクザの代紋などが見えていたが、すべてカオルちゃんが「預かっとけコラ、おうコラ」と置いていったものらしい。その手錠をハッタリくんの右手首に掛け、もう片方は左の足首に掛けた。刑事がよくやる取り調べ時のやり方だ。この姿勢で何時間も尋問され、椅子ごと蹴り倒され、道場に連れて行かれ、ガンジス川の辺《ほとり》の洗濯物のようにビッタン！　ビッタン！　と畳にぶつけられたりする。

ハッタリくんは途中で一度気づいたが、

「こらあー！　三万返せー!!」

が第一声だったのでヨコチンが憤慨し、またオトしてしまった。ただし今回のは全オチではなく半オチといわれるもので、意識は少々残り、残った分大変苦しいらしく、目の前のハッタリくんはヨダレとミズバナをずるずる垂らして低く唸り声を上げていた。

女はその横で震えていた。

ホテルの前で小鉄が近づいた時、女は逃げようとした。小鉄は女の手首をつかんだが、女は反撃に出てツメで小鉄の顔をひっかき、手に噛みつこうとした。こういう時の小鉄はいつもクールである。

「ハイハイ、いい子いい子」

と、女が立てたツメの間に、アイスピックの先をゆっっっくりと刺し入れた。女は大声で悲鳴をあげたが、小鉄が「うるさいよ」と、ツメの間に刺し込んだアイスピックを九十度起こし、ツメを一枚剝がしてからは静かになった。そしてずっと涙を流し、青白い顔で震えている。

「アホか小鉄、さっきの夏木マリとミネンコにそれをせんかい」

言いつつ私は女を指さし、ヨコチンを見た。

「どうする？　ってこと？」

ヨコチンが言った。女はヨコチンを見つめて両手を合わした。指の先から血が流れ、買ってもらったばかりなのだろう、ニットのアンサンブルの袖口が赤く染まっていた。それを見たヨコチンが顔をそむける。血はあまり得意ではないようだ。

「……そやな……、逃がしたろか」

ヨコチンが言った。私も小鉄も異議なしである。別に可哀想と思ったりはしない。今から色々と聞き出したいことはいっぱいある。騙し取った電化製品の行方、まだあるのかないのか？　金に換えたのか？　換えたのならいくらになって、どこに隠してる？　そしてバックに誰がいるのか？　等々だ。しかし女は口が固い。男よりしぶとい。もちろん男もしぶといが、一番最初に口を割るのは男でも女でもない。中途半端な奴である。そう、私たちの目の前で右目だけ白目をむいて唸る人、ハッタリくんである。

「去《い》ねやアンタ。どうせこのアホにやさしいにされて、お金もやるとか言われて魔がさしたんやろ」

ヨコチンが言うと女はうなずいた。

「なんぼ、もろてん？」

私が言うと、女は何も答えず下を向いた。

「もう一枚、めくっちゃろか？　ネーちゃん」

小鉄が言った。女は大慌てで顔を上げ、

「ご、ご、五万です！　すみません！」

と言い、タイトスカートをめくり上げるとパンストの中に手を入れ、くしゃくしゃの一万円札を五枚出してきた。ヨコチンは顔を赤くし、手を振った。そして言った。

「もうええて。持って帰り。そのかわり二度としいなや。次に同じことしてたら、承知せえへんで！」

甘い！　甘い！　天知茂である天地真理である。きっと小鉄にやられたキズの痛みが消え、五万円も使いはたして消えて無くなると、同じことをくり返すであろう。ハッタリくんの部屋の前に立つであろう、ギブミーと。

「まあエエやん。ハッタリの性癖のええとこは、おんなじ女のホームレスには手ェを出さんちゅうとこやし」

ヨコチンがハッタリくんの座る椅子を回して言った。白目をむいてぐったりしたハッタリくんがクルクルと回る。

「去《い》ね!!　オレの気ィが変わらんうちに、どっかに消えい!!」

ヨコチンが怒鳴ると、女が走って逃げて行った。

「小鉄、すまんけどタバコ買うて来てくれへんけ?」

私は逃げ去る女の背中を見て言った。

「オーケイー」

小鉄がニヤリと笑い、アイスピックを手に女の後を追って出た。ヨコチンは何も言わず、回り続けるハッタリくんを止め、思い切り蹴飛ばした。右手首と左足首を手錠でつながれたハッタリくんは丸くなって転がり、やっと目を覚ました。

「さ、さ、三万返せー!!」

そしてまた言った。

「まだ言うか、ハッタリィィー!! 先に！ オレに対して謝るのんが筋やろがーい!!」

ヨコチンがハッタリくんの首に腕をまわし、また半オチでオトしていた。

すぐに小鉄は帰って来て、自分のポケットを指さし「後でな」と小さく言った。女からいくら取ったのかは知らないが後で山分けだ。

「さてと、どないするコレ」

私はハッタリくんを見下ろし言った。何度もオトされているハッタリくんであるが、あまり時間をおくと脳に酸素が行かなくなってヤバイと聞いたことがある。ここへハッタリくんをつれてくる途中でも、ヨコチンは時計を見ながら一度起こしたり、またオトしたりしていた。

「あア、あれはただの嫌がらせやねん。おもろいやん、いっぺん戻してオトすて」

笑いながらハッタリくんの脇の下に腕をまわし、ヨコチンが「ん!!」と力を入れたらハッタリくんの顔に生気がもどった。

「三万……、いやエエわ……」

言いかけてハッタリくんは黙った。しかし黙ってられても困るのである。ヨコチンには聞きたいことが山ほどある。

「ハッタリ……、先に聞いとくわ。アレは全部、オマエ一人で考えたことか？」

椅子に座ったままのハッタリくんの目の高さにしゃがみ込み、両肩に手を置いてヨコチンは言った。やさしいように見えるが肩に置いた手に力が入っている。リンゴを一気に握りつぶす握力である。シシャモのような撫で肩のハッタリくんの顔がゆがむ。ちなみにカオルちゃんはクルミを食べる時、当たり前のように手でバキバキ殻を握りつぶすというか粉砕して食べていた。

「それはないわ」

「無理無理、ムリ！」

答えたのはハッタリくんではなく私と小鉄だった。そんなこと聞かなくてもわかっている。家の鴨居に喫茶店のマッチをきれいに並べ、自分のズボンを布団で寝押しし、脱いだパジャマをハンガーにかけ、近所のスーパーのポイントカードを玄関先に忘れないよう置き、メモの切れっ端に（宝くじに当たったら買うもの『アイロン』『ズボンプレッサー』）と涙が出るくらい少額なものを書いてる男が、そんな悪事を働けるハズがない。

「こ、こらあー!!　オマエら何で知ってんねん！　勝手にオレの部屋に入ったなあー!!」

ツバを飛ばし立ち上がりかけたハッタリくんであるが、右手左足の手錠とヨコチンの圧力とで、プスンと力が抜けてまた座った。

「なァ、ヨコチン。この人に出来ると本気で思てんの？　チャリンコにベンツのマーク付けて喜んだりしてる人やで。そんな人があの堺東のヤクザ絡みの物件、一日だけ借りれる？　パチッた電化製品にしたかて、最新型ばっかりやん。そんなん知らんで、この人」

小鉄がズボンのポケットに手を入れ、言った。中から女性用の腕時計が出てきた。逃げた女がつけてた物、ロレックスのカメレオンだった。お金と一緒に奪ったのか、女に気付かれることなく盗んだのかはわからない。なんといっても小鉄である。横断歩道で老人に手を貸し無事に渡してやり、渡り切った時には相手の指から金の指輪を抜き取ってる男である。

「コレかてよーく見たらニセモンやし。良う出来たパッチもん」

そう言ってまた腕時計をポケットへと入れた。ニセもののロレックスに香水、ヤクザが絡むアパートの一室、最新の電化製品の情報と捌くルートを持っている。そしてピンポイントでヨコチンを狙う動機を持ち、ハッタリくんを動かせる人物。

「ひとりだけおるやん」

私は言った。言ったとたんハッタリくんが知らん顔で、スピー、スピーと音のしない口笛を吹いた。

「……イサミか?」

ヨコチンが誰に問うでもなく、つぶやいた。そしてハッタリくんをにらみつける。

「ブッブー!! ちがいます。残念でしたあ」

ハッタリくんが必死でずれたズボンを引き上げ言った。

「すまんハッタリ、ちょい手荒なこと、さしてもらうで……」

ヨコチンは自分を納得させたいのか、ハッタリくんの口からイサミちゃんの名前を出してほしいのか「断る!」と言ってるハッタリくんを無理矢理立たせ、コンクリートの床に叩きつけた。

「ギャッ! 痛ったあ! やめいヨコチン! 友達やろオレら!」

「すまん!!」

「あやまるんなら、やめてくれー!!　ギャン!!」

投げつけては立ち上がらせ、また投げては立ち上がらせる。そして関節をギリギリと折れる寸前までしめつける。

「折れ折れヨコチン。いっぺん折ったったらエエねん」

「こらあー、三万返せー!!」

「どっちに言うとんねん!　ハッタリィー!!」

甘いなア、と思った。それくらいのこと、年中カオルちゃんにやられてるハッタリくんである。イサミちゃんにもやられているし、キバにも咬みまくられている。ひょっとしたら岸和田で一番打たれ強いかも知れない。そして反省とか後悔という文字も意味も知らない。注射が嫌いな大人は顔をそむけるが、子供は恐いくせにジッと自分の腕に刺さる注射を見て泣く。

「痛たたたたたたたー!　折れる折れる!」

ハッタリくんは自分の肘の関節をジッと見ながら叫んでいた。困った人である。

「ヨコチン、ちょお退《ど》いて。そんなん明日までやっても言わへんて」

バトンタッチしてもらった。ハッタリくんは「何や、何する気や」と焦りつつも、モジモジしてうれしそうでもある。私はもう一度椅子に座らせ、宝の山から外へと押し出した。安い事務椅子には安いコマがついている。

外の道は店の玄関がある三叉路を頂点とし、ずっと下り坂になっていた。下り切った突き当たりは川で、川に沿って道路が見えていた。車がけっこうなスピードで、ひっきりなしに通っているのが見える。

「ここからこの椅子でボブスレーみたいに滑って行ったらどうなると思う?」

「車に撥ね飛ばされるか、川に落ちるか」

ハッタリくんがノドをゴクリと鳴らした。

「ほな行っといで。サイナラ」

ドンと椅子を押してやった。最初は遅く感じたが、しだいにスピードが乗る。椅子は一気に下り、川沿いの道路の寸前まで行った。左からダンプカーが土砂を満載してせまっていた。飛び出すな、満載ダンプは止まれません、である。

「イサミやあー!　イサミイサミイサミー!!　ぜーんぶイサミー!!　ご名答ー!!」

ハッタリくんの断末魔のような叫び声が聞こえた。

「おい!　しゃべったぞ!　止めたらんと!」

ヨコチンが走り出していた。

「あ、止める方法、考えてなかったわ」

言った瞬間、ダンプカーと椅子が交わった。ダンプがタイヤから白い煙をあげてフルブレーキで車体をゆがめて止まる。椅子が宙に舞い、そのまま向こう側の川に落ちていった。

「撥ねられるか川に落ちるかて……、両方やんけ」

小鉄がゆっくりと歩き出す。私も一緒に向かったが、ハッタリくんの姿は道路にも川底にも無く、忽然と消えていた。

「やっぱりな、思たとおりや」

小鉄が川から戻って来たヨコチンを見ながら言った。ヨコチンが首を振る。やはりハッタリくんの姿はなかったようだ。あるのはダンプカーに当たってゆがんでしまった椅子だけで、ハッタリくん本人は手錠のまま消えてしまった。

「しつこい奴やの、イサミも……」

ヨコチンはタメ息をもらすが、イサミちゃんはそういう人である。一度でも自分が負けた相手は絶対に、何があっても許さないのがイサミちゃんである。何年、何十年かかろうが徹底的に追い込む。「力」「金」「人」すべてを使って報復をする。出来なかった相手はカオルちゃんのみである。それでもまだ狙い続けている。ただしかしヨコチンの場合、小学生の頃に羽交い締めにされて泣いただけで、中学生の時にその仕返しに行って反対にやられたくらいで、ここまでするだろうか。少しひっかかりはする。

「なんかあるで、別の何かが」

小鉄がヨコチンに聞こえるくらいの声で言ったが、ヨコチンは聞こえないフリをして、もう一度、深いタメ息をついていた。


故買商のロクさんの倉庫へ行ったのは翌日の昼すぎのことだった。

イサミちゃんが絡む「荷」はすべて、ロクさんによって捌かれる。常識である。梅にウグイス、松に鶴、唐獅子には牡丹、イサミにはロクさんなのである。私も小鉄も学校をサボッてヨコチンについて行った。義理やらその手の面倒なことはどうでもいいのだが、イサミちゃんvs.ヨコチンの好カードを見逃すワケには行くまい。

それにしてもロクさんである。

「どうするん? ヨコチン。相手はイサミちゃんやで」

コロナのライトバンの中で、タバコに火をつけ私は聞いた。タバコが苦手なヨコチンが窓を少しだけ開ける。札がすべてめくれ、イサミちゃんという目が出た。その翌日すぐにヨコチンは動いているが、相手はイサミちゃんである。それも読んだ上で、すでに待ちかまえているだろう。

「どうもこうもないよなァ……。またイサミをゆわして、責任とってもらわんとなァ」

ヨコチンは軽く言い、車の方向指示器を左に出した。

ロクさんの倉庫は臨海線《りんかいせん》と呼ばれる産業道路を海に向かって入った所にある。木材コンビナートの工場や倉庫が建ち並ぶ一角に、でかいスレート屋根が見えてくる。鉄の門には何も書かれてはいないが、倉庫の横っ腹には「山野木材株式会社」の文字が消されて薄く残って見えている。

「ここやな」

ヨコチンは鉄の門の手前で車を止めた。門の向こうにはクレーンのついたトラックが止めてあり、その横にオレンジ色のボンネットだけが黒いベレットGTRが止まっていた。ロクさんの車だ。そしてその斜め前にフルサイズのリンカーン・コンチネンタルがデーン！　と止めてあった。きっとイサミちゃんの車だと思うが、あの人は毎月一回は車を替えるのでよくわからない。

「すっごい車やな、売りもんかな」

ヨコチンは少し間の抜けたことを言い、車を降りた。そして私と小鉄が降りるのを待ち、倉庫の入口へと向かった。

倉庫のどでかいシャッターは閉まったままだったが、横の小さなアルミのドアは拍子抜けするくらい軽く開いた。中は多数の電灯と屋根の明かり取りのおかげで明るい。そしてありとあらゆるものが整然と並べられている。新品の箱入り扇風機が三十個ほどパレットに積まれて並んでいたり、色々な種類の風呂の浴槽がプチプチシートをはさんで重ねて置かれていた。トイレットペーパーにユニットバス、自転車に観葉植物、時計に医療品、ホースに水回り品、ありとあらゆるものが揃う。故買商の倉庫というより大型のホームセンターの中を歩いている感じだ。

「チュンバ……アレ……」

私の後ろを歩く小鉄が背中をたたき、指をさした。右奥の一角に小型ヘリコプターが見えていた。

「アレって、自衛隊のんちゃうけ?」

「さあ……あんまりジロジロ見んなよ。撃たれるど」

ヨコチンの宝の山とはスケールが違いすぎる。あっちが宝の山なら、こっちは油田である。リッターでもガロンでもトンでも売ったんでー!!　どれが欲しいねん?　重油か軽油かレギュラーかハイオクか？　航空燃料？　ロケット飛ばしたい？　アポロでもいけるやつ？　まかさんかい！　オマケにこの紙ひこうき用のゴムやるわ。て感じだ。

「ヨコチン、ボロ負けやな」

「う、うるさいわい……」

私も小鉄も何度か来たことがあるが、ヨコチンは初めて中に入ったのだろう、ポカーンと口を開けたまま歩き、マントヒヒの剝製の前では驚いて後ずさりしていた。

「ロクさーん！　おるけー？　どこォー!!」

私が突然大声を出すとヨコチンが飛び上がってビクッとしていた。

「ほーい！　ここやー!!　岸和田のセンターフォワード二人組やなー！　足音は三人やけどー！」

ロクさんの声がした。いつもの倉庫のハシにあるプレハブの所からだ。私たちは声の方向へと歩いた。ヨコチンだけが途中で止まった。騙し取られた電化製品がズラリと並んでいた。

新旧いろいろ揃った盗品のジャングルの中を進むとプレハブの小屋が二棟、見えてきた。大きな倉庫の中にあるプレハブ小屋の左の棟はロクさんのオフィスで、

「ヨコチン、絶対に小屋とか言うたらアカンで。オフィースて呼ばんと、ふくれて三日くらいクチもきいてもらえんようになるから。注意するように」

と、小鉄が言うようにここで商談というかワル巧みが行われる。右はロクさん専用の仮眠室になっていて、中には超高級ベッドにテレビ、トイレ、シャワーまで完備されている。ロクさんは

毎週月曜日から金曜日までここで寝泊まりし、週末だけ誰も知らない本宅にもどるという生活をしていた。

「こんちは！」

「おう」

声をかけるとロクさんは顔も上げずに返事だけをした。故買商一筋四十年と言われているが、本当の年齢はよく知らない。髪が長くサーファーのように年中日焼けしている。しかし至近距離から良く見ると、顔には無数のキズがあり、イサミちゃんの頬のキズが大阪の地下鉄路線図だとすると、ロクさんのそれは高級メロンのようである。黒メロンと呼ぶ人もいる。

「ロクさん、それ何？　なにを必死で磨いてんの？」

背中に「日立モートル」とプリントされた作業用の古いツナギを着こみ、ロクさんは銅で出来た大きな丸い物体をピカールでガシガシ磨いていた。

「え？　大仏さんのドタマ」

事もなげに言った。

「だ、大仏のドタマ？」

「そう。ほら、大仏さんの髪の毛、パンチパーマのとこあるやろ。あれの中の一個」

私も小鉄も宙を見、思い浮かべてみた。そしてうんうんとうなずく。小学校の時、社会科見学で行った奈良の大仏さんも、たしかパンチパーマみたいな髪型をしていた。あの中のボコボコのひとつなのか。

「ほたら大仏さん、今ハゲてんの?」

「そう! 円形脱毛症と申します」

「そんなん買う人おるん?」

「世の中にはコレクターという、ありがたい金持ちがおりまして」

やっとロクさんは顔を上げ、玉砂利みたいなゴツい歯を見せて笑った。ただしその笑顔は私と小鉄だけに向けたもので、私たちのうしろに立つヨコチンには見せない。反対に冷たい目でしばらくにらみつけていた。

「ちょっと……聞いてええかな」

ヨコチンが言うと、ロクさんは「なんやヨコチン」とキツい目をした。

「へ? ロクさん、ヨコチンのこと知ってん?」

「知ってるでェー。商売ガタキやからな」

ロクさんはゆっくりと立ち上がり、尻のホコリを手で払うと、そのまま尻をヨコチンに向け
「ブッ!」とオナラをかました。挨拶なのか宣戦布告なのか、それはわからない。

「えらいご挨拶やな」

ヨコチンが鼻をつまみ言った。小鉄が「挨拶みたいやで」と言うので「黙っとけ」と私はたしなめた。

「で、なんや? 中途半端な優等生くん」

アゴを少ししゃくり、ロクさんが言った。うまく言うもんである。ヨコチンを見ていていつも

感じるものにピッタリだった。ヨコチンはそう呼ばれるのがすごく嫌なのか、眉間にシワを寄せて恐い顔を作ったが、それもどこか中途半端な優等生が思い描く恐い顔で、ひとつも恐くない。

ロクさんがヨコチンを飲み込んでいる。

「アレはなんや」

クイッと首を後ろに曲げ、ヨコチンが言った。

「マリリン・モンローの蠟人形や。その横はアポロ11号の先っちょのアンテナ」

「えーー!!」

驚いて私も小鉄も振り返ったが、ヨコチンだけが「ちがーう!!」と叫んでいた。

「もっとうしろ！　電化製品がいっぱい並んどるがな、すべて新品のん！　ボクが騙しとられたやつが！」

顔から血の気が引き、白い顔でヨコチンはロクさんをにらんでいた。そしてポキポキポキポキと手の指の関節を鳴らした。

「どれ？　どれのこっちゃ？」

「アレやアレ！　ほらアレ!!」

ヨコチンが大きく振り返った。そこにイサミちゃんが立っていた。

「油断とスキだらけやの」

ブン！　と音がして、ヨコチンが「うわっ！」とのけぞった。イサミちゃんの手にノコギリが握られていた。

「コラッ！　コラコラコラッ！」

ガスッ！　ガスガスガスッ！　イサミちゃんはヨコチンの頭めがけて何度もノコギリを振り下ろす。

「人の茶碗に横から手ェ入れてくんなあ!!」

ノコギリを振り下ろすたびに血が飛んだ。ヨコチンは倒れ、両手で自分の頭をカバーするがイサミちゃんはお構いなしである。その上から思い切りノコギリを振り下ろす。指が切れ、ピンクの脂肪と白い骨が見えていた。

（お〜ま〜え〜は〜、ア〜ホ〜か〜、て言うてる場合ちゃうど。止めんとヨコチン死んでまうわ）

そう思うのだが、ノコギリの刃の縄跳びに途中から入るようなものである。うまくタイミングを計らないと私の頭にノコギリがめり込む。

「ロクさん、これ貸してや！」

私は大仏のパンチパーマを手に取った。それを小鉄にかぶせる。

「な、なにすんねん！　チュンバ！」

「わかってるやろ！　行ってこーい!!」

そして小鉄をイサミちゃんの前へと蹴り出した。

——キピン！

と、音がしてノコギリの刃が折れて飛んだ。刃は血まみれで倒れるヨコチンの真横に落ち、刃の横で恐怖のあまりカニみたいに口から泡をふいた小鉄が倒れていた。

「コラーッ！　イサミー!!」

ロクさんが怒鳴っていた。

「そのノコギリ、ＶＡＮのノベルティのカーペンターキットの中のんやろ！　ナンボすると思てんねーん！」

別の意味で叫んでいただけだった。ヨコチンのことなんて気にもしてない。

「弁償さすがな、このアホに。ほら！　立たんかい！」

イサミちゃんはそう言って倒れるヨコチンの横っ腹を蹴った。ひどい人である。たった今、立てなくなるくらい自分がノコギリで切り刻んでおいて、立て！　と無茶を言う。よく私の父が「ワシなァ、この年になるまで無茶はやりまくったけど無理は一回もしたことがない。よって長生きすると思う」と言って、母を落胆さしてはいるが、同じ方向性を持った人なのかも知れない。

「おら！　シャキッとさらせ！」

もう一発、横っ腹を蹴られ、ヨコチンは「ぶはっ！」と声をもらし、ついでに胃の中の物まで外へともらした。

「イーサーミー……！」

そして必死で立とうとするが、足が生まれたてのバンビちゃんみたいにプルプル震えている。そこをまたイサミちゃんが蹴る。そのたびにノコギリでやられた傷口から血が大量に飛んだ。

「もう、かなわんなァ」

知らないうちにロクさんが二人のまわりにブルーシートを張りめぐらせ、商品が血で汚れないようにしていた。

「イサミてな、あんなタイプが世界イチ、大嫌いやねん」

そのロクさんがタバコに火をつけ、フウーッと長い煙を吐いた。手にはいつの間にかでかい銃を持っていた。

「なにそれ!」

「え? 知らん? 長野県警第二機動隊、実戦配備なるガス銃でございまする」

ガシャン! と音がして銃が折れた。中折れ式のようだ。うちの父も良く似たものを持っていて、それは散弾銃というものらしく、何を撃つの? と聞いたら「うーん、人?」と、えらく簡素に答えていた。ロクさんのガス銃には桜のマークと「畿」という文字が赤くプリントされていた。

「あ! それ、浅間山荘のテレビで観たことある! 白い煙の出るやつや!」

「そうそう、あそこにポンプ車とグリスを納めたついでに、三丁ほど黙って……オホン!」

ロクさんは咳払いをひとつし、音の出ない口笛を吹きつつ弾をこめた。弾は催涙弾というやつで、涙が止まらなくなり目を開けてられなくなるらしい。それをイサミちゃんに向けて発砲する。

「あいつ、いっぺんドタマに血がのぼったら最後、止まらんからな。放っといたらアイツを殺してしまうわ」

ロクさんは口をアーンと開け、狙いをイサミちゃんに定めた。

「イサミてな、ガキの頃から貧乏でな」

一度狙いを外し、ロクさんは言った。近すぎるのか、三歩ほど後ろに下がる。

「ずっとアル中のジジイと二人で、浜のあばら屋に住んでたのん、知ってるかジブンら」

少し奥歯を嚙みしめ、ロクさんが言った。聞いたことはある。家の窓にガラスは一枚しかなく、その一枚には冬になると結露が外についたという。便所は壁がくずれ、「紙！」と言うと外を通りがかった人が「ほい」とチリ紙をくれたといわれる。イサミちゃんはそこにアル中の祖父と二人暮らしだった。もちろん学費も食費も何もない。あっても酒代に消える。だからイサミちゃんは幼い頃から働いた。学校に行くのだけが楽しみ。みんなと会えるしケンカ相手もいるし温かい給食も食べられた。ガキの頃から近所の氷屋でバイトをし、氷を港の漁師のところまで運ぶ。酒屋に米屋にプロパンガス、大人用の自転車を借り、リヤカーを引き、運んだ。レンガ工場でも働いた。熱いムロの中から束になった重いレンガを持ち上げる。自然と腕力もついていく。

「イサミちゃんとこのオジイて、イサミちゃんが殺したてホンマなん？」

「さあー、どやろ……」

ロクさんは少し遠い目をして、またガス銃を構えた。狙いはそのイサミちゃんだ。

「殺したかも知れんな……」

そう言いつつ、ロクさんはガス銃を発射した。ボンッ！　とけっこう大きな音がして、でかい弾が白い煙の尾を残し飛んだ。

「あれ？」

しかし弾はイサミちゃんの頭上二メートルほど上を通過し、倉庫の奥のほうで「ポン‼」と音をたてた。盗品の山の向こう側で白い煙が上がる。

「老眼の乱視はアカンなァ」

ロクさんが肩を落とし、新しい弾を込める。どんな物でもその日のうちに段取りが出来るロクさんではあるが、その腕前とこっちの腕前とは別のようだ。

「そのジジイが死んだ時にな……」

別の弾を込めたロクさんは、ガス銃を私に押しつけてきた。黙って受け取った私は、狙いを寝転んだままの小鉄の頭に定めた。まだ大仏のパンチパーマをかぶったままである。イサミちゃんに命中したら後が恐いが、小鉄に当たって周りに催涙ガスが充満しても、それは仕方のないことである。

「葬式あげるいうても銭が無いワケや。イサミがなんぼ働いたからいうても、その日ぐらしに違いはないもんな」

そこで近所の人たちが走り回り、なんとか町の公民館を無料で借りることが出来た。イサミちゃんはリヤカーに祖父の遺体を載せ、公民館に向かった。しかしそこに横ヤリが入る。

「春木にあった柔道の道場が改装中やいうてな、町の公民館を借り上げたんやな、銭出してイロもつけて」

それがヨコチンたちが通う、道場だったらしい。仕方がないので葬式はイサミちゃんが住むあばら屋で執り行われた。隙間風がビュービュー入り、遺体用のドライアイスより畳が冷たかったと言われた。布団も枕もこけむしていて、古い畳はデコボコで、正座をしたら勝手に傾いたそうである。

「そら寂しい送り出しや。来たのんワシと近所の人らと、通りかかったカオルだけや」

「え！　カオルちゃん来たん？　黙って座ってたん？」

カオルちゃんは幼少の頃から暴れている。いつも暴れている。爆睡していても枕を殴り、布団を羽交い締めにしている。だから五分以上じっとしてたら死ぬと言われている。

「おとなしいにしてたで。ほんで『気ィ落とすなコラ、おうコラ、イサミ』言うて、励ますつもりでイサミの肩をたたいたら脱臼してもうてな、慌てて近所の人が走って……」

連れて来たのが公民館のキレイな畳で柔道をしていた連中だった。たしかに柔道をしていたら脱臼くらいお茶の子サイサイで治せるだろう。その中にヨコチンがいて、近所のカオルちゃんがいたものだからニコッと笑った。

「なにが、おもろいねん」

イサミちゃんが立ち上がったそうだ。ただでさえ生まれもってのナチュラルボーン・被害妄想の第一人者である。公民館の横ヤリの件もあり、イサミちゃんはヨコチンに殴りかかった。

「ちょうど、あんな感じにしたんやけどな」

ロクさんが指をさした。まだイサミちゃんはヨコチンを蹴り上げていた。その時もイサミちゃんの楽勝かと思われたが、周りにいたヨコチンの道場仲間や、急を聞いてかけつけた柔道の連中に押さえ込まれてしまう。

「へ？　ほたらヨコチンが小学校の時に、イサミちゃんを泣かした言うんは、それ？」

私はガス銃の狙いを小鉄の頭からヨコチンに変更した。聞いていた話とは結果は同じでも経過がまったく違う。きっと中学の時にも勝ったという話も、それと同じようなものだろう。

「そんな大嫌いな横ヤリ男が、最近になってまた自分の周りをチョロチョロやり出して、商売の横ヤリを入れてきたと」

「そらイサミちゃん、怒るわ」

半年ほど前から、らしい。イサミちゃんとロクさんというルートに、ヨコチンが介入してきた。大人しく小さな電器店を営みつつ、中古家電をキレイに修理して売っていればいいものを、突然盗品を買い取り捌く裏の仕事に首を突っ込んできた。恐ろしい話である。コロンビアの麻薬密売ルートに、ある日突然マツモトキヨシが参入してくるようなものである。商うクスリが違うし、リスクもまったく別物である。

「それでか……」

私はガス銃の狙いをイサミちゃんに変え、言った。先日、掃除機を持ってヨコチンの店に現れた二人組のことを思い出していた。本当ならヨコチンはあの掃除機を買い取ったに違いない。盗品であろうが横流しであろうが関係ない。ロクさん、イサミちゃんルートより少し高目の金額で買い取り、ウチは買い取りがあっちより高いでしょとウインクのひとつでもするハズだったが、私と小鉄がいたので断った、振りをした。

「ワシはな、放っとけて何べんも言うたんやで、イサミに。そんな素人に毛が生えたもんが入ってこれる業界とちがいますー言うて」

たしかにそうだ。ロクさんやイサミちゃんがこの世界を牛耳《ぎゅうじ》ってこれるのは、いつでもどんな物でも、当たり前に買い取り、素早く捌けるからである。なぜそんなことが出来るか？

「顔」である。

顔が物を言う世界である。ヨコチンにはその「顔」がない。いくらカオルちゃんが後ろにひかえていても、それはカオルちゃんの「顔」であり、ヨコチンの「顔」ではない。

「カオルの顔て語呂がエエな」

横から手を伸ばし、ロクさんは私が持つガス銃に手をそえた。銃口がキッチリとイサミちゃんの頭部にロックオンされた。

「しっかし、なんでそんなヤバイ橋を、ヨコチンは渡ろうとしたんやろ？」

「さあー、あとで聞いてみいな。生きてたら」

私がうなずくとロクさんもうなずく。

「いくで……」

「よっしゃ、撃てい！」

「くわあー！　ペッ！」

「えー――!!」

ボン！　という音と白い煙を残し、催涙弾は飛んだ。飛んだが「くわあー！　ペッ！」の声で遠慮したのか慄《おのの》いたのか、えらく的外れな方向に着弾してしまった。倉庫の端っこで青白い煙が上がる。

「くわあー！　ペッ!!　おうコラ、おう！」

「カ、カオルちゃんがお見えになりました」

「なんでやねん……」

ギンッ！　ギンッ！　と左右をにらみつけながら、カオルちゃんが姿を見せた。倉庫の中のすべての品物が小さくちぢみ、マントヒヒの剝製が身をふせ、天井から緊急時の酸素マスクがぶらぶらと下りてきた。

「おうコラ、おうおう！」

まるでモーゼの十戒のように、カオルちゃんが歩くと盗品の山が道をあけた。手には子供がぬいぐるみをひきずるように、ハッタリくんをズリズリと持っている。

「ハ、ハロー。ナイストゥ、ミーチュー……」

そのハッタリくんが小枝チョコみたいな細い腕を上げた。その瞬間、ポイ!!　とカオルちゃんがハッタリくんを投げ捨てた。ただしカオルちゃんのポイはメジャーリーグの外野手が、三対三で迎えた九回裏ワンアウト、ランナーは三塁、カキーン！　と打者が打ったのは浅いフライ。捕りました！　タッチアップ！　ぐおりゃあー！　のバックホームくらいの勢いはある。

ポイ捨てハッタリくんは一度倉庫の天井にゴイン！　とぶち当たり、勢いよく急降下してヨコチンの真上に落ちて重なった。「む！」「げっ！」と二種類の声がして、トドメをさされたヨコチンは白目をむいてヒクヒクと痙攣をしていた。

「ハッタリくん、なにしてんの?」

いつもカオルちゃんに殴られ慣れ、蹴られ慣れ、投げられ慣れのワシ摑みされ慣れしているからだろう、ハッタリくんは服のホコリを軽く払い、無キズでヨコチンの上に立ち上がった。

「いや、たまたまあいつと会《お》うてな……うん」

ポリポリと頭を掻き、ハッタリくんはカオルちゃんをアゴで指した。カオルちゃんは立ち止まり、血だらけで倒れるヨコチンに軽く目をやり、イサミちゃんをにらみつけていた。イサミちゃんもにらみ返す。その二人の間を気絶から蘇った小鉄がズリズリと匍匐前進でこっちに近づきつつあった。

「ちょうどあのドチビの家の横でや」

今度は小鉄を指さし、ハッタリくんが言った。私に突き押され、椅子のまま坂道を転がり落ちていったハッタリくんは大型ダンプと接触する。吹っ飛んだハズミで手錠は外れ、川の中にドボンと落ちた。

「ハッタリくん、泳げんの?」

「あたり前田のクラッカーや。犬カキやったらオリンピックで金を取れるでオレ」

そのまま対岸まで犬カキで泳ぎ、岸へと上がる。自分を探している私たちの姿が見えたので「お尻ペンペン」をしてから身を隠した。そしてそっと横を見るとエンジンが掛かったままのスーパーカブが止まっていた。

「米屋のほら、何を頼んでも明後日てばっかり言うアホおるやら、ホラ」

「あさってのケン坊な」

「そう、それ！　そいつのカブをパチッてこましたってんな」

そーっとカブに跨《またが》り、発進した。カブの荷台には米が五キロほど載ってはいたが、ついでだとそのまま走った。少し走って赤信号で止まっているとパトカーが横づけしてきた。

「岸和田署の交通課のパトや。五方面のパトとちゃうがな。オレが免許ちゅうもんを持ってないのん知ってるやんけ、あいつら。万事休ス、や」

「それよりハッタリくん、無免許のパチッたバイクで、なんで信号に止まるんよ?」

「そこや！　オレの詰めの甘さであり、みんなから慕われるとこやんけ」

「だーれも慕てないと思うで……」

もちろん警官も慕ってはいない。コラ！　ハッタリ！　そのバイクは誰のんじゃい！　と捕まる。五キロの米も没収……になりかけた。

「くわあー！　ペッ!!　と現れたワケや、あいつが。毎回一緒。アホのひとつ覚え。くわあー！ペッ!!　や」

ハッタリくんが首を振って言うと、聞こえたのだろう、カオルちゃんが指で鼻をほじり、鼻クソを「ピッ！」と弾き飛ばした。

——ピスッ!!　と鼻クソはハッタリくんの額に命中し、もんどり打って倒れた。カオルちゃんの耳はイージス艦のソナーより優れ、鼻クソを飛ばす指はボウガンの約五十倍の威力があると言われる。

「痛ツツツ……」

でかい鼻クソをオデコに深くめり込ませたまま、ハッタリくんが蘇生する。そしてまた話は続く。

警官二名はカオルちゃんに気づくと「それでは！」とハッタリくんだけをその場に残し、サイレンを鳴らすと「あー、忙しい！」と急発進し、逃げたそうである。

「オマエとこの薄汚い家のとこや。家の横に空地あるやろホレ、昔レンガ工場やったとこ」

ハッタリくんが自分の足元を見て言った。匍匐前進の小鉄がようやくたどり着き、大仏様のパンチパーマをゆっくりと脱いでいた。

「ほんでカオルのあと、オマエとこの妹も出て来てやな」

ハッタリくんが肩をすくめて言った。元レンガ工場の空地から、カオルちゃんと一緒に小鉄の妹も出て来たと言う。おだやかではない。小鉄の妹は兄にも親にも似ず、カワイイと近所で評判の女の子である。まだ小学五年生だが、前に一度だけ映画館にいる小鉄に家の鍵を渡しに来た時、通路を歩く小鉄の妹に館内すべての視線が集まったのを覚えている。スクリーンに映る菅原文太までもが「待ちんさい」と動きを止めたと都市伝説まで残っているほどだ。

「政略結婚、狙ろとるな……」

ロクさんが天をあおいでタメ息をついた。

「妹を差し出して、天下取りに動いたか……」

私はそっと小鉄様にタバコを差し出した。マフィアと一緒である。イタリアの血が入ってない者は、純なイタリアの血の下につき、野望をたくす。

「小猫を抱いててな。カオルにペコッて頭を下げたら、カオルが恥ずかしそうに顔を真っ赤にして、まわりの草やら花やらが燃えてしもたがな」

ハッタリくんの言葉に私は「おおお」と声を出し、小鉄の前にひざまずいた。幼き小鉄の妹が政略結婚であれ、カオルちゃんの元へ嫁いだら、小鉄は押しも押されもせぬ大名である。そして私は小鉄家筆頭家老の要職につき、岸和田を自由に天下布武の下、あやつれるのだ。

「小猫か……。あいつ、まだ忘れてないんやな」

私など見向きもしないでロクさんはつぶやいた。目はイサミちゃんの真正面に立ち、首をゴキゴキ鳴らすカオルちゃんに向けられていた。やさしい目だった。

「なにそれロクさん？　まだ忘れてないて？」

「う、うん。キミらカオルが働いてるとこ、見たことあるか？」

ロクさんが言い、私と小鉄、そしてハッタリくん、倉庫の中のくいだおれの人形までもが首を振った。カオルちゃんが働いた？　そんなこと、誰が信じるであろう。

「カオルはな、生まれてから今のいままで、働いたことがないねん！　皇室の方々と一緒や。ラスト岸和田エンペラーや！」

が、みんなの合言葉のようになっている。

「うっそやアー、ロクさん。そんなんコアラが鉢巻きして朝の五時から新聞配達してる映像と一緒やで。誰も信用せえへんわ」

私が言うと、ロクさんは外国人のように両肩をくいんと上げた。

「いっぺんだけあんねん。しかも人の為にやで」

信じられなかった。もしもそれが事実なら、その日が祝日になっているはずである。

「むかしな、カオルの家の真裏にな、クリーニング屋があってな……」

ロクさんが遠い目をして話し出した。小さなクリーニング店だったが主人の腕が良く、けっこう繁盛してたそうだ。家族は主人と妻、娘が一人と猫が一匹、カオルちゃんの家とも仲が良く、カオルちゃんの服なども無料でクリーニングしていたそうだ。

「あの人、近所にはやさしいからな。しかも無料やし」

うんうんと私の言葉にみんながうなずく。

「ところがや。新しい機械を入れて、仕事場を増築したとたんにアレや。脳梗塞?」

不運は突然、足音もたてずに忍び寄るものだ。借金をして事業の拡大を図ったと同時に主人が倒れる。真夜中まで一人で働いていたものだから発見が遅れ、病院に着いた時には息はあったが植物状態になってしまう。

妻は必死になって働いた。重い業務用アイロンを右手に、左手では寝たきりの夫の面倒を見る。

「カオル、店の手伝いしたんやで。ええとこあるがな」

「………」

しかし長くは続かなかった。アイロンでクレーム客のドタマをかち割り、配達先には電話で取りに来い!　とおどす。それよりも妻が両手で持ちこたえられなくなった。

「無理心中……ちゅうやつや」

動けない夫の首を絞め、寝ている娘の首も絞め、妻は自分の首にロープを巻いた。

「……おうコラ……おう。泣きながら死ぬなコラ、おうコラー!!」

第一発見者はカオルちゃんだったらしい。

「そのあと、長い間、猫を引きとって死んだ娘さんの名前つけて可愛がってたもんや。のお！ヨコチン！」

ロクさんが声をかけると、倒れて気絶していたヨコチンが動き、小さくうなずいた。しかしすぐまた気絶することになる。

「よけいなことペラペラ言うなロク！　おうコラ！　おうおう!!」

顔を赤くしたカオルちゃんが、目の前のヨコチンをむんずと摑み、放り投げてきたのだ。ヨコチンは隕石のような速度でロクさんにぶち当たり、二人はもみくちゃになって吹っ飛んだ。

「どこ見てんねん！　カオル!!」

先手必勝、その瞬間イサミちゃんがカオルちゃんの顔面に、全体重をのせたパンチを打ち込んでいた。


——ガスッ!!

という音と、どこかで石が砕け落ちるような音がパラパラと聞こえた。手応え充分、一瞬ニヤリと笑ったイサミちゃんであったが、

「くわあー！　ペッ!!」

「うぐっ！」

と、ひざをついて崩れたのはイサミちゃんのほうだった。自分の右のコブシを抱きかかえるようにして、脂汗を流している。指の骨が折れたようだ。

「この……石顔が……」

苦しそうにイサミちゃんがカオルちゃんの顔を見上げた。石アタマというのは良く聞くが、石顔は初耳である。それくらいカオルちゃんの顔面は硬い。よく冗談で人の肩にポンと手を置き
「おい」と声をかける。その時人さし指だけ立てておくと、ん？　と振り返った相手の頬に指がムギュッと突き刺さり、ガハハハハと笑ったりするが、カオルちゃんにそんな事をしたら最後「ん？　おうコラ」と振り返ったとたん「ポキッ！」と指が折れてしまう。ひざガックンも同じで、カオルちゃんのひざの裏は常人のひざの皿より遥かに硬く、工業用ゴムより柔軟なので、やったほうのひざの皿が割れるか、挟まって皮膚がハギ取られるかのふたつにひとつである。カオルちゃんに冗談半分で何かする時は遺書をしたためておくべきである。

「ふん！　おうコラ」

「くっそおー!!　ボケこらあー!!」

ポリポリと指で自分の顔をかくカオルちゃんに、イサミちゃんは左のパンチを思い切り打ち込もうと叫んだ。その声が最後の言葉だった。

「おうコラ！　おう!!」

風が舞い、イサミちゃんも舞った。肉を切らせて骨を断つなんて生やさしいものではなかった。体毛をさわらせて骨を断つ。

カオルちゃんの本気のパンチである。

「うちのひいオジイちゃんがな、若い頃に浦賀に現れたペリーの黒船を見たそうや。その時の大砲の音と、カオルのパンチの音が良う似てる言うて、百二十歳で死ぬまで恐がってたわ」

などという噂話があるほどのパンチである。

――ドッコーン!!

という音と共にイサミちゃんが真うしろに吹っ飛んだ。その後は水面に石を投げたかのように、倉庫の中をピッピッピッピッと飛び、見えない場所でガシャン！「うっ！」と音と声がして、シーンと静まり返った。一発でアウト！である。力の差は歴然、ご近所のスクーター暴走族とアメリカ海軍海兵隊くらいの差はある。一方的である。一にカオル、二にカオル、三、四がなくて五もカオル、イサミちゃんの名が出るのは百番より少し後で、ずっとカオルちゃんなのである。

「ほなオレが九十くらいに入っちゃろけ」

ほんの出来心である。つい言ってしまった。

――ギンッ!!　とカオルちゃんがこっちをにらみつけていた。

どれくらいの時間、気を失っていたのだろうか。気がつくと顔の前で小鉄とロクさんが笑っていた。

「よけいなこと言うからや。思てても口に出したらアウトやで」

ロクさんがうれしそうに言った。コロッと忘れていた。カオルちゃんは「出る杭」は必ず打つ。たとえ〇・〇〇一ミリ出たとしても出る杭は打つ人である。打つどころかめり込ませてしまう。

「そやから言うて出らんとのォ」

言いつつ小鉄が私の体を起こしてくれた。カオルちゃんに殴られ、吹っ飛ぶ瞬間、私は一応蹴り返したという。当たりはしなかったが、カオルちゃんは「おう、うん」と、少しだけうなずいたらしい。

「ほんで、カオルちゃんは？」

起こしてもらい、まわりを見渡したがカオルちゃんの姿はなかった。イサミちゃんも、ヨコチンの姿も見当たらない。ついでにハッタリくんまで消えていた。

「みんなカオルが引きずって行ったわ」

ロクさんが言った。私が吹っ飛んだあと、ヨコチンがイサミちゃんに説明というか、謝罪をしたらしい。

ヨコチンが盗品に手を出したのは子供が生まれたから。どうしてもお金が必要だったが、嫁の親にもいくらか借りていたし、言い出せない。そんな時、これを買い取ってくれないかと、若い奴がバリバリの盗品を持って来た。

「アカンと思いつつ、つい手が出てもうてな。すまん！　イサミ」

「アホよ！　それを先に言わんかい!!」

イサミちゃんはヨコチンに対して怒りながらも、助け起こしたそうだ。

「イサミてな……、あの年でバツ2のボツ2やねんな」

ロクさんが言った。バツ2は離婚が二回、ボツ2は死別が二回という意味だ。

「えー！　イサミちゃん二回も女の人を殺してんの！」

「アホー！　殺してはない！　と思う!!」

私が叫ぶとロクさんが私の口を手で押さえ、あいまいな返事をした。

「そやから、子供のタメ！　とかいう話に弱いねんな、イサミて」

すべてを許す！　イサミちゃんは言ったそうだ。

「ふーん……」

しかしそんな話、私は信じない。きっとヨコチンはウソをついているし、イサミちゃんも許してはいないだろう。何かでヨコチンを利用し、ポイ！　と捨てるハズだ。目の前のロクさんもそうだ。さっきから頭の中でソロバンを弾く音が外まで漏れ聞こえている。話を聞いていたハッタリくんにしろ、どこかの隙間に入り込む算段をしていただろう。

「ま、大人の関係やわな」

「ほんでカオルちゃんは？」

「めんどくっさい！　おうコラ、おう言うて、イサミちゃんをヨコチンにぶつけて、その二人をまたハッタリくんにぶつけて、三人をまとめて引きずりながら、オレとロクさんをどついて帰って行ったがな」

小鉄が言った。よく見たら小鉄もロクさんも顔が腫れていたが、少しうれしそうだった。

六時限目終了のチャイムと同時に、学校の校門に日産チェリーが止まった。

「なんや、十八歳以上は中学校に殴り込みなんか来たらアカンて法律があんのん知らんのかい。どこのアホや」

と、さっそく出て行ったら小鉄だった。

「あれ？　なんでチェリーなんか乗ってんねん」

「おう、見てくれよコレ」

小鉄が車のダッシュボードを指さすので見ると、チェリーというタバコのパッケージが置いてあった。チェリーを吸いながらチェリーに乗る奴なんか、ロクな奴ではないからと盗んだらしい。

「乗れや」

言うので乗った。いつもそうだ。目的なんてひとつもない。ただ盗んだ車で流すだけ。ガソリンが無くなるまでツレと流す。ただそれだけで充分楽しかった。しかし今日は目的があると小鉄が言った。

「なんや？　ケンカか？　こないだみたいにファンタグレープ一本で十人の高校生の相手すんのは嫌やど。二本に増やせよ！」

「まアまアまア」

小鉄は言葉を濁し、後ろの席を振り返った。そこには小さなダンボール箱が置いてあり、空気穴らしきものがいくつも開いていた。たまに中からガリガリガリと音がする。

「中身はなんや？　ハッタリくんか？」

「あの人は小さな男やけど、サイズはもうちょい大きいなァ……」

箱の中から「ニャオーン」と声がしたと同時に、車が急に止まった。交差点の角にある診療所の入口ドアが飛び、中から白衣を着た医師が転がり出て来て倒れた。

「ん？　あれ小田《おだ》先生やんけ」

小田先生とは町医者であり近所の小中学校の校医でもある人で、学校の予防注射はすべてこの人がやる。私なんか注射が大の苦手で「痛たァにしやがったら殺すど殺すど殺すど」と何度も言うのに、やるたびに「すまん！　失敗や、すまん失敗や、すまん失敗や」と、何度も注射針を刺しては抜き、刺しては抜きをくり返して笑うイヤな先生でもある。

「くわあー！　ペッ!!」

その先生のあとからカオルちゃんが出て来た。うわ！　あ！　キャー！　どわァ！　とあっちこっちで声がして、信号機が突然、黄色の点滅に変わった。注意シテ渡レである。

「あっかーん!!　小鉄ゥ！　バックや、バック!!」

「無理やあ！　みんな車を置いて逃げたから動けん！」

まさに大怪獣カオル現るである。しかしカオルちゃんは、みんなの恐怖と期待を裏切り「フン！　おうコラ」と、倒れる小田先生を一度だけ「むぎゅううう」と踏みつけ、道のド真ン中を歩いて去って行った。私と小鉄は小田先生の元へと駆け寄った。

「ザマミロ……いや、先生どないしたんよ?」

「ええ気味……いや、なんでどつかれたんよ」

二人で抱き起こしてやると、周りのみんなも集まって来た。みんなカオルちゃんは恐いのだが、やることはイチイチ気になるのだ。先生は顔の腫れをこすりつつ話し始めた。

「いや、カオルがな全身が痒い言うからな、服を脱ぎなさいって言うたんや、ワシ」

「どやった? 背中に『天下布武』の入れ墨でも入ってたか?」

誰かが後ろのほうで声を出し、その場の全員がうなずく。

「いや、墨はどこにもないわ、傷はもう大根おろしの目より、ようさんあったけどな。ほんでジンマシンとな」

「ジンマシン?」

あったそうである。痒みの原因となるジンマシンが。以前カオルちゃんと一緒にてっちりを食った人が、

「あいつフグでも何でも、鍋に入れたらすぐ食うから、ワシらの分なんか残るかいな。すべて生! フグでもスキヤキの牛肉でも、ボタン鍋でもジンギスカンでも何でも! 生のままペロリ! ワシらが食えるようになる前に全部アウト! それでも平気!」

と、口をそろえるほど何にもあたらない人がジンマシンである。

「原因は! なにが原因やねん!」

私は小田先生の肩をゆすって聞いた。ひょっとしたらカオルちゃんの弱点を発見出来るかも知

れない。それは大変な出来事である。カオルの弱点を岸和田在住の中場《なかば》氏が発見！　と翌日の新聞の一面を飾るだろうし、ノーベル平和賞も視野に入ってくる。米・サイエンス誌に論文を掲載し、陸上自衛隊から極秘裏で招かれるであろう。

「それを本人に聞いたんや。なんか最近、変わったもん食べたとか、やったとか、してないかて。そしたらあいつ、人から『やさしいネ』て言われた……ちゅうんや」

プッ、プッ、ププププー!!　全員が笑った。あのカオルちゃんが他人から「やさしいネ」と言われたという。それでジンマシンがいっぱい出たという。

「小学生の女の子に言われたらしいわ」

ププププー!!　またみんなが笑う。

「ほんでつい、ワシも大声で笑ろてしもてな。そしたらこのザマや。なーにがおもろいんじゃい！　おうコラ、おう！　言うて」

「わはははは……」

「くわあー！　ペッ!!」

カオルちゃんが引き返して来ていた。

フロントガラスの割れた日産チェリーは、ガタンガタンと身をよじるようにして走った。さっきまでカオルちゃんに投げつけられた小田先生がめり込むようにへばり付いていたのだが、何回かワイパーを動かすうちにズリズリズリと剝がれて車の横へと落ちていった。チェリーはサファリパークで迷子になり、サイの群れの中を通りすぎてしまったようにあちこちがへこんでいた。すべてカオルちゃんから命からがら逃げ出すために出来たへこみである。

「きっと小学生の女の子て、オマエの妹やど」

まだ息のあるうちに聞いた小田先生の話を総合すると、小鉄の妹が浮かぶ。小鉄は黙っていたが、どうやら先月末に、両親が別居をしたらしい。小鉄は母親と一緒に家を出て並松町《なんまっちょう》というところの古いアパートへ引越し、父親と妹は今まで通り下野町の古いアパートで暮らしている。

「百メートルしか離れてないやんけ！　隣町やんけ！　ほんでせめて新しいアパートにうつれよ！」

隣町である。町の境目、ご近所さんなので「アホー!!」と叫んだら「なにおぅー!!」と返事が即座に返ってくる。金持ちの家なら玄関と勝手口の距離である。

「そのビミョーな距離がいろいろ面倒くっさいねん。ようわからんわ、オカンもオトンも」

小鉄が言っていた。すぐ近所なので、酒に酔った父親がよくやって来ては暴れるという。誰もいなくて鍵が掛かっていたりすると、足でアパートの戸を蹴やぶって暴れまくり、暴れ疲れて玄関先で寝ていたりする。

それを毎回迎えに来るのが小鉄の妹である。

「ついでや、ついで。ネコにエサをやりに行くついでに来るだけ」

小鉄家ではいざという時用に食用で猫を飼っていた。

「ちゃうわい！　アホか！　普通のペットや」

その猫が別居間もない時に小猫を四匹産んだらしい。元々、父親は猫があまり好きではない。

「そんなババタレネコ、どっかにほかして来い!!」

酒臭い息で妹に命じ、自分は親猫をダンボール箱に入れ、自転車の荷台にくくりつけて海に捨てて来たという。妹は小猫たちを捨てるフリをして、アパートの近くにある、元レンガ工場の跡地に運び、給食の残りや牛乳などを父親に見つからないよう持って行っては世話をしている。

「妹がそない言うてたわ。たまにオカンに会いに来るからな」

小鉄が言った。また後部座席のダンボール箱の中から猫の声がした。複数匹、いる声だ。

「ほんでな、オトンに怪しまれたら、またほかされるやろネコを。そやからエサを運べん日があったんやて。ほんならカオルが」

小鉄が言った。言ってから突然まわりをキョロキョロ見回した。カオルちゃんは地獄耳である。潜水艦のソナーのような耳である。自分のことを呼びすてにする奴が二十時の方向にいる、ピコーン！　と反応する耳をお持ちでいらっしゃる。バレたらアウト、魚雷が発射される。

「……カオルちゃんがな」

「言い直さんでエエねん！」

「カオルちゃんがおってな、ネコにめんたいこをやってたらしいわ」

「食わんやろ！　めんたいこは！」

「食べたらしいわ……」

「脅したな……きっと。コレを食うかオレに食われるか、どっちやコラて……」

すべての話がつながった。ハッタリくんが小鉄の妹とカオルちゃんが一緒にいるところを見た理由も、やさしいネと誰に言われ、なぜジンマシンが出たかも。

「それがこのネコやねん」

小鉄がバックミラーをのぞいて言った。

「え――――!!」

私は飛び上がり、車の天井に頭をぶつけた。

「なんでやねん！　ほかしたらアカンやろ！」

すでに小猫たちは小鉄の妹の猫ではない。カオルちゃんが少しでも絡めば、それはリッパなカオルちゃんの御猫様である。岸和田人にとっては徳川綱吉公《つなよしこう》の御犬様より位が高い御猫様になる。

「降ろしてくれー！　小鉄たのむ！　この車にオレは乗ってなかったことにしてー!!」

「あかーん！　共犯や共犯んんー!!」

小鉄が私の服を強くにぎりしめていた。


小鉄が急に変わったのは、この頃からだ。

「そんなん、ババアしかおらへん家に帰ってもしゃあないわい。グジグジグジグジと、傷の入ったレコードみたいにおんなじことばっかり言うだけや」

と、家にも帰らず、学校も休みがちになっていた。

不良少年ではなく、そこいらでウヨウヨしている非行少年に落ちぶれていく。服装もＶＡＮや

ＪＵＮ、Ｋｅｎｔのものを神戸まで探しに行って着ていた男が、近所のスーパーで万引きしたものを仕立て直しもせずに、そのまま着て歩いていた。世の中を蹴散らすような足音はせず、だらしなくズリズリと歩く。

「あのアホ……、どこ行きやがった……」

何度も家をたずねたが、いつも鍵が掛かったままで、人の気配はなかった。たまに家の横の空地で妹を見かけたが、

「お兄ちゃん……お父さんソックリになってしもた……」

と、手に誰も食べないエサを持ったまま泣いていた。

「カオルさん、すっごい怒ってたよ……」

たまにそういうセリフというか爆弾発言をするので、私としてもソッと見つからないよう、通りすぎるしかなかった。そんなある日のことだ、夜になり（小鉄が家に入るのを見かけた）という連絡が入り、私は大急ぎで小鉄の家に向かった。


「こんばんは……帰ってる？」

アパートの玄関でクツを脱ぐと、小鉄の母が奥の部屋をアゴで指した。私は台所へペコリと頭を下げ、奥の部屋の黄ばんだ襖をゆっくりと開けた。小鉄がだらしない顔でだらしなく寝ころび、だらしなく尻をポリポリとかいていた。テレビがついていた。

ただそのテレビなのだが、ボリュームがオフになっているらしく声は出ていない。小鉄は音の

しないテレビをじっと見ていた。

「オマエ、なに見てんねん、切るぞ」

私は節約上手な主婦のように、テレビを切ろうとしたが、それを小鉄が止めた。

「切るな。聞いてんねん」

「オフで何が聞こえんねん」

「いろいろ聞こえんねん！　うるさいのォ！」

チッと舌打ちをひとつした小鉄は立ち上がると、テレビのスイッチを短い足で消し、私を押しのけて部屋を出て行った。

「オカン、こづかいくれや」

そして玄関先で声がした。ない！　という小鉄の母の声も聞こえた。くれ！　ない！　くれ！　ない！　どこの家でも一緒である。バカ息子とシッカリ者の母。折れるのは母のほうで、少ない額を財布から出すと、アホな息子は最初の「ない！」が頭の中で反響しているので、あっただけマシだと思ってしまう。私だってそうだ。脳ミソが少ない分、頭の中が人より空洞化しているのでよく響く。しかし小鉄は違った。

「アホか、そこにあるのん知ってんねん」

と、台所へズカズカ入っていくと、米びつのフタを開け、米の中へと手を突っ込んだのだ。

「ほっといてんか！」

小鉄の母が言った時には、小鉄は中から五千円札をつかみ上げていた。そうそう、そこそこ。

私の母もそこにいつも三千円か五千円くらいを隠している。うんうんとうなずいていたら小鉄はその五千円をズボンのポケットにネジ込み、さらに深い所へと米を掘り始めた。そして手を上げると銀行の預金通帳をにぎりしめていた。

「アカン！　それだけはアカンで！　トオルくん」

小鉄の母が叫び、小鉄に抱きついた。私はその二人を呆然と見ていた。小鉄の下の名前は「トオル」だったのか……。いや違う、そんな事ではない。もっと大事なことだ。そう！　銀行の預金通帳である。そうなのか、あんなとこにあったのか。きっと我が中場家の埋蔵金も同じ場所にあったはずだ。それを私としたことが、浅い場所に埋められた見せ金である三千円ぽっちに目がくらみ、そこから下へは進もうとしなかったのだ。不覚である。反省点である。おのれオカンである。

「アカンで！　ホンマにアカンて！　それはオマエが高校に行く時にいるお金やから！　お母ちゃんがコツコツとためてるお金なんやで！」

「じゃかっしゃい！　放せボケ!!」

私のことなんか目に入らない二人は揉み合っていた。通帳を手に外に出て行こうとする小鉄と、しがみついて引きずられる小鉄の母。最後に小鉄は母を足で蹴って引き離した。

「こら！　待たんかいトオル！」

私は小鉄の母を抱き起こし、言った。

「トオル言うな！」

小鉄は一度私の目をじっと見、その後黙って外へと飛び出して行った。その目はシッカリとした目だった。いつもの小鉄の目だ。

「……ホンマ、あの子は……」

小鉄の母がゆっくりとタメ息を吐く。

「大嫌い大嫌い言うてる自分の父親に、ソックリになってもうたわ」

そう言いつつ、小鉄の母は小鉄と同じように米びつの中に手を突っ込んだ。小鉄が探り当てた場所より、さらに深い場所だ。

「よいしょ！　そろそろ隠し場所も変えんとな、と思てたとこですわ」

そして手を出す。その手には郵便貯金の通帳が二冊、にぎられていた。

「オバちゃん、クチ止メ料」

「アホか。あんたとこのお母さんに教えてもろたんやで、この方法。うちはドロボウを二匹も飼《こ》うてるいうて」

私のさし出す手を、小鉄の母がパシンとたたいた。そうか、もっと深いとこにもっといいものが隠されていたのか。私は思いつつも小鉄の目を思い出していた。

一週間ほどしてからのことだった。

その日私は別の中学の女を家にひっぱり込んでいた。母は仕事、父はいつものように「ライオンのオスが汗水たらしてエサをとってるのを見たことあるか？　メスの仕事や！」と近所の競輪場へ行っていた。両親そろって留守である。チャンスなのである。中学男子に理性なんてものはない。

しかし油断は禁物だ。私はキスをしたあと、恥ずかしそうに下を向く女を見ながら思っていた。つい先日引っぱり込んだ女は年上だった。その時生まれて初めて「ガードル」という下着があるのを私は知った。最初はお相撲さんのマワシかなと思った。上手《うわて》を取ろうとしても下手《したて》を取りにいこうとしても、固くしめたマワシには指が入らないのだ。

「……なんやコレは……。こうなったらガブリ寄りしかないど」

と、思った瞬間マワシ、いやガードルの中に指が入った！　よっしゃ、もろた！　そう思った時である。

「いやーん」

と、女は腰をひねった。ポキンと音がした。入った指すべてが突き指である。そういう事態だけは避けねばならない。

私はゆっくりと女のスカートの中に手を忍ばせた。女は少し身をよじったが嫌がる様子はない。こういう尻の軽い、口の重い女が大好きである。そして何よりガードルを穿いていなかった。えらい！　と声に出しかけた時だった。私と女の足元に人の気配を感じた。小学生くらいの女の子が立っていた。

「座敷童やあー！」

「ちがーう!!」

女の子は泣いていた。よく見ると小鉄の妹だった。小さく首を振り、家の外を指さしていた。

「ダレ？　この子！」

ガードルを穿いていない女が言った。

「あんた！　小学生にまで手ェ出してんの？　見さかいナシやな！　サイテー!!」

アホけ、と言おうとした時にはバチコーン！　と女の平手が私の頬を張っていた。

「死んでしまえ!!」

もう一発きたので私は手でガードした。ガードルやらガードやらと忙しい。しかし今度の平手打ちは反対の頬、ノーガードのほうだった。パッチーン!!　と音がして、女は立ち上がるとそのまま出て行ってしまった。

女の残り香の横で小鉄の妹はまだ泣いていた。すべてこいつのせいである。

「オマエ今、ちょびっと笑ろたやろ」

言ったら妹は少しだけ首を振った。

「カオルくんが……カオルくんが」

そして言った。あの人に、くん付けである。そんな呼び方をするからジンマシンが出たり、突然なぜか真面目な服装をするのだ。

「ちがうもん、服はみんなを油断させるためやて、カオルくん、ミーコに話しかけてたもん」

妹はまたもや首を振った。カオルちゃんの真面目な服装は、やはり周りを油断させるためだったようだ。強すぎてケンカ相手が居ないので、真面目な服で人をあざむく。ひつじの皮をかぶった狼、いやもっとひどい。高木ブーの皮をかぶったタイガー・ジェット・シンだ。しかもそれを小猫のミーコにうちあけていたらしい。

「そのミーコをな、お兄ちゃんがな」

「おう、捨てた捨てた、捨てました。オレは関係ない……と思う」

「ほんでな、さっきお兄ちゃんがカオルくんに見つかって……」

「な、なにィー!!」

「いっぱいなぐられてんねん！　お兄ちゃん死んでしまうー!!」

「それを先に言わんかい！　ボケエー！」

私は外へと飛び出した。出てから場所がわからないことに気づき、またもどった。妹がさっき出て行った女のパンツを指先でひろい上げ「でっか！」と言っていた。

「キャー!!」

私は妹を抱き上げ、また外に飛び出し走った。

場所は小鉄の元実家、つまりは妹が今も住んでいるアパートの横にあるレンガ工場の廃屋《はいおく》だった。小猫をこっそり飼っていた所だ。

「おうコラ、犯人ちゅうのはな、絶対に現場にもどるんじゃコラ、おうコラおう」

と、カオルちゃんは小鉄の妹にそう言ったという。テレビの見過ぎや！　と言いたいところだが、小鉄は本当にもどったようだ。そしてカオルちゃんとバッティングする。

「小鉄ぅ！　どこや!!」

廃屋の入口で叫んだが返事はなかった。少し中に入って行くと小鉄がいた。小鉄は古いレンガに囲まれた湿った土の上に倒れていた。えらくペシャンコに見えた。その小鉄をカオルちゃんが蹴り上げると、にぶい音と共にレンガ塀まで飛び、ズルズルと塀にひっついたまま倒れ落ちる。まるで濡れた雑巾を塀に投げつけたような音がした。

「……よっこいしょ……と」

それでも小鉄は立ち上がり、カオルちゃんに向かっていこうとする。ただ方向感覚がすでにマヒしているのだろう、カオルちゃんに背を向け、相手を探している状態だった。その背中を「おうコラ!!」とカオルちゃんが蹴飛ばす。

ほっといたら死ぬと思った。

小鉄である。いくら殴られようが切り刻まれようが音《ね》は上げない。何度でも立ち上がり、向かっていく。殺されない限りギブアップは絶対にない。そういう奴である。

「まてコラ!!」

体が勝手に動いていた。カオルちゃんに向かって走っていた。途中カオルちゃんがこっちを見た。ギンッ！　と強い視線と同時に全身が火ダルマになったかのように熱くなる。レンガをひとつ拾い、それでカオルちゃんの顔を殴ろうとした。

その寸前に殴られたと思う。何が何やらわからなかった。大きく強い衝撃が真横から来たと思ったら小鉄の真横まで吹っ飛んでいた。

「……こんばんは」

「……遅かったやんけ」

「……すまん、ザ・ガードルマンて新番組を観ててん」

私は立ち上がった。ぜんっぜん痛くないぞ、くそカオルめと、カオルちゃんに向かった。こちとら小鉄より打たれ強くてしつこいんだ。

「さてと！　そろそろ本気出しちゃろけ！」

「くわあー！　ペッ!!」

また寸前で吹っ飛んだ。アゴの蝶番が殴られて歪んだのか、口から出て来る血がうまく吐き出せない。そのかわりに出て来たのは奥歯だった。地面に落ちた歯を見ると途中から折れたのではなく根元から抜けている。

「アゴの骨ごと折れたんかい……」

思っていたら今度は蹴られた。胸でイヤな音がした。吹っ飛んで起き上がろうとしたら息がしにくかった。アバラもやられたようだ。さすがカオルちゃん、一発一発がキツイ。

「お兄ちゃん！　なんで！　なんでよ!!」

起き上がろうとしたら小鉄の妹の声がした。ちょうど二人の間まで飛ばされたようだ。

「おかしいわ、最近のお兄ちゃん……。あんだけ嫌《き》ろてたお父さんのマネばっかりしてるやん！ソックリやん、お父さんに！」

倒れたままの小鉄を妹はののしっている。大きな瞳に涙をいっぱいためていた。

「なんで？　どないしたん、お兄ちゃん？　いつも強かったやん、やさしかったやん」

妹はその場にしゃがみこみ、両手で顔をおおった。私はそっと声をかけようとした。

──あのネ、強くてやさしい人なんて、この世にはいないよ。ほうらあの人を見てごらん。強い人ってあんな感じなの。もうムチャクチャ恐いんだよ、やさしいって言われるだけでジンマシンが出るんだから──

しかしやめといた。小鉄の妹はさらにつづけた。

「小猫は捨てるし！　お母さんのお金は盗るし！　遊んでばっかりやんか！」

まるで自分のことを責められているようで私は肩をすくめた。

「ちがうんや……」

小鉄が言った。小鉄の目にも涙がたまっていた。

「なにがよ！　なにがちがうんよ！」

「マネせんとわからへんねん！　オレはアホやから！」

小鉄が言うのでうなずくとにらまれた。

「オトンと一緒のことせんと！　オトンがなんであんなんか、わからへんねん！」

小鉄は大嫌いな父のマネをした。どうしてあんなことをするのか、なんでいつもそうなのか、考えてもわからないのなら同じことをしてみる。そうしないと何もわからないまま自分の父親を殴ってしまう。そんなことだけはしたくない。自分の父親である。男なら父の振り上げたゲンコツの下に頭を出してやっても殴り返しはしたくない。

「オトンはな、弱いねん。さみしいとか、辛いとか、そんなんにすぐ負けてしまう、逃げてしまうねん」

胸が痛んだ。小鉄くん、ひょっとしてそれはボクのことを言っているのかい？　ミーのこと？言おうとしたが黙っといた。私だけ別の涙をこぼしてしまう。

「そやからオマエ、オトンにそんな思いをさせるなよ。言うとくけどオレとオマエのたったひとりの父親なんやからな」

「お兄ちゃん……」

「心配すな。猫は捨ててない。今はチュンバとこのオバちゃんが預かってくれてる」

「え——!!」

知らなかった。最近やけに晩ごはんにカツオブシがよく出たり、魚ばっかりオカズに並ぶはずだ。私の残りものを小猫が食うのではなく、小猫の残りものを私が食べていたようだ。おのれババアである。

「オカンの金も使こてない。な。もう心配せんでエエ。オトンぐらい何とでもしたるし、オマエの面倒もオレがキチンと見たるわい」

小鉄は言った。事実小鉄はこの妹を自分が稼いだお金で大学まで通わせる。キレイ汚いは別の金だが。

「くわあー！　ペッ!!」

「うわ！　びっくりした！」

気がつくとカオルちゃんが真横まで来ていた。そして小鉄の顔をにらみつけ、軽く一回うなずいた。

（ワレ、エエトコ、アルヤンケ、オトコヤンケ、オウコラ、オウ）

きっとそう言いたかったと思う。思うが人をほめたことがない。未経験である。うん、とうなずき肩をポンと叩いたつもりだが小鉄が吹っ飛んでしまった。

幼稚園の頃、父の誕生日に肩たたきをしたら両肩脱臼させてしまってから、いくどとなく人の肩を叩いては脱臼させている。それではイカンと、手が勝手に方向を変え、顔面にロックオンしてしまったようだ。

「おう……コラ……おうおう……」

カオルちゃんは自分の手をじっと見たあと、ふんっ！　とその場を去ろうとした。一件落着、そんな顔だった。

「ちょう待たんかい」

言葉が勝手に出ていた。カオルちゃんが立ち止まり、ギンッ！　と振り返る。廃屋中がピシリ！　と音をたてて引きしまる。

「勝負の途中やんけ。逃げんなよ」

言った。カオルちゃんが近づいて来る。私が立ち上がると小鉄も「よいしょ」と立ち上がる。

「なめたらアカンど！　コラァー!!」

「いてもうちゃらいい!!」

「くわあー、ペッ!!」

カオルちゃんが少しうれしそうな顔をしたように見えた。そのあとの記憶はない。

書下ろし作品

中場利一（なかば・りいち）

1959年、大阪府岸和田市生まれ。'94年『岸和田少年愚連隊』でデビュー。絶妙な語り口と破天荒な登場人物を人間味溢れる視点で描き、注目を集める。「岸和田少年愚連隊」シリーズの他、『バラガキ』『NOTHING』『あなた明日の朝お話があります』『雨の背中』『離婚男子』『この子オレの子！』などがある。多くの作品が映像化されている。

カオルちゃーん!!
岸和田《きしわだ》少年《しようねん》愚連隊《ぐれんたい》 不死鳥《ふしちよう》篇《へん》

2016年 8 月20日　初版 1 刷発行

著　者　中場利一《なかばりいち》
発行者　鈴木広和
発行所　株式会社 光文社
〒112-8011　東京都文京区音羽1-16-6
電話　編　集　部　03-5395-8254
書籍販売部　03-5395-8116
業　務　部　03-5395-8125
URL　光　文　社　http://www.kobunsha.com/
組　版　萩原印刷
印刷所　慶昌堂印刷
製本所　関川製本

落丁・乱丁本は業務部へご連絡くだされば、お取り替えいたします。
JCOPY〈(社)出版者著作権管理機構 委託出版物〉
本書の無断複写複製（コピー）は著作権法上での例外を除き禁じられています。本書をコピーされる場合は、そのつど事前に、(社)出版者著作権管理機構（電話：03-3513-6969　e-mail：info@jcopy.or.jp）の許諾を得てください。

本書の電子化は私的使用に限り、著作権法上認められています。ただし代行業者等の第三者による電子データ化及び電子書籍化は、いかなる場合も認められておりません。

©Nakaba Riichi 2016 Printed in Japan

ISBN978-4-334-91112-6